ROBERTO GÓMEZ BOLAÑOS

El diario de
el Chavo del Ocho

punto de lectura

EL DIARIO DE EL CHAVO DEL OCHO
D. R. © Texto e ilustraciones: Roberto Gómez Bolaños, 1995

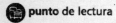 **punto de lectura**

De esta edición:
D. R. © Punto de Lectura, S.A. de C.V., 2005
Av. Universidad núm. 767, col. del Valle
C.P. 03100, México, D.F. Teléfono 5420-75-30
www.puntodelectura.com.mx

Primera edición: junio de 2005
Sexta reimpresión: noviembre de 2005

ISBN: 970-731-094-4

D. R. © Diseño de cubierta: dibujos de Roberto Gómez
Bolaños

Impreso en México

ROBERTO GÓMEZ BOLAÑOS

El diario de
el Chavo del Ocho

Prólogo
Por Roberto Gómez Bolaños

Sus holgados pantalones tenían más parches y remiendos que tela original. Estaban precariamente sostenidos por dos tiras de tela que hacían las veces de tirantes, terciadas sobre una vieja y descolorida playera en la que también predominaban los parches y los remiendos. Calzaba un par de zapatos del llamado tipo "minero" que evidentemente habían pertenecido a un adulto. Pero lo más característico de su atuendo era la vieja gorra con orejeras, las que en tiempo de frío le debían haber sido de no poca utilidad, pero que, cuando lo conocí, en pleno verano, no hacían sino acentuar lo grotesco de su figura.

—¿Grasa, jefe? —me había preguntado mostrando el cajoncillo de limpiabotas. Y yo estuve a punto de responder que no, ya que mis zapatos se encontraban en bastante buen estado, pero entonces surgió el presentimiento; ese algo que nos impele a tomar decisiones sin justificación aparente. De modo que respondí afirmativamente.

Yo estaba sentado en una de esas hermosas bancas de hierro forjado que aún se encuentran en algunos parques de la ciudad. Él se acomodó en el banquillo portátil que formaba parte de su equipo de trabajo, y comenzó a realizar su tarea con inusual entusiasmo. Entonces lo observé con mayor atención, y al instante comprendí cuál había sido la razón que justificaba mi presentimiento: aquel niño era la encarnación total de la ternura.

Me costó mucho trabajo entablar conversación con él, pues era notorio que mis preguntas provocaban el natural recelo de quien está acostumbrado a recibir muy poco —casi nada, diría yo— de los demás.

—¿Cómo te llamas? —le pregunté.

—Pus da lo mismo, ¿no?

—¿........? ¿Qué es lo que da lo mismo?

—Que me llame como sea. De cualquier manera todos dicen que soy el Chavo del Ocho.*

—¿Cuál es tu edad? —seguí preguntando.

—Mi edad son los años que yo tengo.

—Por eso: ¿cuántos años tienes?

—Ocho, creo...

—¿Dónde naciste?

—No lo puedo recordar porque yo estaba muy chiquito cuando nací.

Entonces dejé correr una pausa intentando que fuera él mismo quien reanudara la conversa-

---

* Singular apodo, cuyo origen se explica más adelante.

ción, pero resultó evidente que su timidez le impedía hacerlo. Por tanto, yo también interrumpí el interrogatorio.

Le di una buena propina cuando terminó de lustrar mis zapatos. Eso hizo que acudiera a sus ojos un brillo que antes había estado ausente, y que se pusiera a bailotear al tiempo que exclamaba:

¡Con esto me puedo comprar una torta de jamón... o dos... o tres...!

Y luego, pronunciando un rápido y entusiasta "gracias", levantó ágilmente sus arreos de trabajo y se lanzó corriendo a la calle, donde empezó a sortear el intenso tránsito de automóviles con esa destreza que sólo tienen los niños pobres de las ciudades populosas. Luego, al tiempo que lo perdía de vista, aún alcancé a oír nuevamente las palabras que parecían mágicas: "¡Torta de jamón!" Fue entonces cuando descubrí el cuaderno.

Lo había dejado a un lado de la banca del parque donde estaba yo sentado. Y resultaba fácil suponer que era propiedad del Chavo del Ocho, pues su lastimoso estado hacía juego con el propietario. Era un cuaderno corriente que mostraba con toda claridad el uso continuo a que había estado sometido. De las pastas de cartoncillo no quedaban más que pequeños e irregulares trozos manchados de grasa, polvo, sudor ¡y vaya usted a saber qué otra cosa! Las hojas, algunas también incompletas, estaban enrolladas por las puntas y ostentaban igualmente gran cantidad de manchas de los más variados orígenes; pero en ellas estaba contenido el manuscrito más espontáneo que jamás hayan podido ver mis ojos: "El Diario del Chavo del Ocho".*

La primera vez que lo leí sentí el remordimiento de quien sabe que está violando la intimidad de una persona. Pero lo leí por segunda vez y el sentimiento se fue convirtiendo en uno de inquietud, del cual pasaba después a la risa, la tristeza y el asombro. Entonces me convencí de que era necesario dar al público la oportunidad de conocer ese mundo extrañamente optimista en que se puede desenvolver un niño que carece de todo, menos de eso que sigue siendo el motor del universo: la fe.

---

* En ninguna parte del manuscrito se menciona la palabra "diario", pero yo me tomé la libertad de adjudicarle tal título en vez del de "notas", "apuntes" o algo similar, porque a pesar de la carencia de un orden cronológico, la palabra "diario" me pareció más acorde con la intimidad que encierra lo escrito en el viejo cuaderno.

NOTA: Como es lógico, el manuscrito contiene un sinnúmero de errores gramaticales, de sintaxis, etc. Por tal motivo me he visto precisado a corregir, pero procurando que, en lo posible, permanezca el sabor del original. Algunas veces, por ejemplo, tuve que dar forma a la frase que estaba débilmente sugerida, y en ocasiones (muy contadas) tuve que llegar a la adición o supresión de frases y palabras. Asimismo tuve que hacer un cierto reordenamiento de párrafos; pero, en cambio, no modifiqué el aparente desorden en que se narran los acontecimientos o las apreciaciones del Chavo.

El Diario
Por el Chavo del Ocho

Yo antes pensaba que nunca había tenido un papá.
Pero luego mis amigos me explicaron que eso no
era posible; que todos los que nacen es porque antes su papá se acostó con su mamá. Lo que pasó fue
que yo no conocí a mi papá. O sea que nomás se
acostó y se fue.

A mi mamá sí la conocí, pero nomás tantito.
Como ella tenía que trabajar, todos los días me
llevaba a una casa que se llamaba guardería, y ahí
me la pasaba yo hasta que mi mamá regresaba después a recogerme. Lo malo era que la pobre llegaba muy cansada de tanto trabajar, y cuando decía
que iba a recoger a su hijo le preguntaban: "¿Cuál
es?", y ella respondía: "No sé; uno de ésos", y entonces le daban el niño que tenían más a la mano.
Y claro que no siempre le daban el mismo niño.

O sea que lo más seguro es que yo no sea yo.

EL CHAVO

Un día mi mamá no pasó a recogerme.
Y los demás días tampoco.

Doña Florinda

A pesar de todo a mí sí me gustaría tener una mamá. Hay tantisisísimas, que no sé por qué no me tocó alguna, aunque no fuera la mejor. Claro que hay muchas mamás que tienen varios hijos, pero hay otras que nomás tienen uno, como sucede con Doña Florinda. O sea que Quico tiene una mamá completa para él solito. ¡Y el muy tonto se porta mal y la desobedece! Y yo le digo a Quico que no sea tonto, que no la desaproveche.

También me gustaría tener un papá, pero no como Ron Damón,* que es el papá de la Chilindrina, porque Ron Damón pega mucho.

Bueno, Doña Florinda también pega mucho, pero no a su hijo... ella nomás le pega a Ron Damón.

Ron Damón es muy bruto. Y dicen que los hijos salen igual que los papás, pero no es cierto

---

* Es evidente que el personaje es "Don Ramón", pero como el Chavo lo llama siempre "Ron Damón", nosotros lo transcribiremos de esta manera.

porque la Chilindrina no es bruta. En lo que sí es igual a su papá es en lo flojo; por eso no le gusta la escuela.

Tambien me gustaría tener una tía.

O un perro.

O algo...

Recuerdo que hace mucho me llevaron a vivir a una casa que era un orfelinato donde todos los niños éramos huérfanos.

La encargada principal era la señora Martina, la cual siempre estaba de mal humor y les pegaba a todos los niños. A mí una vez me sacó sangre de la nariz y luego se enojó porque manché mi ropa con la sangre, y después me castigó dejándome un día sin comer. Desde entonces yo puse mucho cuidado para evitar que me volviera a salir sangre de la nariz, y la única vez que me falló fue un día que me tropecé y fui a dar contra uno como escalón que había ahí. Pero la señora Martina no llegó a darse cuenta porque me fui rápidamente a los lavaderos y lavé mi ropa. Lo único malo fue que me tuve que volver a poner la ropa cuando todavía estaba mojada. Entonces ella me preguntó que por qué estaba mojada mi ropa, y yo le dije que me había llovido. Pero ella me dijo que yo era un mentiroso, porque hacía dos meses que no llovía.

Y me castigó otro día sin comer.

En el orfelinato había un niño más grande que yo, que se llamaba Chente y que era mi mejor amigo.

Lo malo de Chente era que siempre estaba enfermo.

Y así, hasta que se murió.

A veces iban al orfelinato algunas señoras que revisaban a los niños. Luego escogían al que más les gustaba y se lo llevaban a vivir con ellas. Y yo tenía muchas ganas de que me escogieran a mí, pero siempre escogían a los más bonitos; o sea que yo nunca salí. Porque yo estaba tan feo que cuando jugábamos a las escondidillas los demás niños preferían perder antes que encontrarme.

Luego, como el tiempo pasaba y la señora Martina se iba haciendo cada vez más pegalona, yo pensé que lo mejor sería escaparme del orfelinato. Pero nunca se me ocurrió la manera de hacerlo. Esto sucedía porque yo era tonto y por lo tanto me faltaba imaginación para que se me ocurrieran buenas ideas.

Entonces ya tuve dos motivos para ponerme triste: uno, el no poder escaparme; y dos, el darme cuenta de lo tonto que era.

Y un día me puse tan triste que me solté llorando; y cuando la señora Martina me preguntó que por qué lloraba, ya no tuve más remedio que confesarle que yo me quería escapar de ahí. Entonces ella dijo: "Haberlo dicho antes", y me abrió la puerta.

Anduve caminando por muchas calles que no conocía. No eran calles muy bonitas, como las que salen en las películas de la televisión; pero tampoco eran muy feas, como otras que también se ven en la televisión.

Pero lo peor de todo era el hambre que tenía.

Porque en esta vida lo más importante es comer.

Por eso me metí al mercado, donde había muchisisísimas cosas de comer. Lo malo era que yo no tenía dinero para comprarlas. Entonces pensé robarme algo, pero recordé que era pecado robarse las cosas; sobre todo cuando el dueño es otro. Por eso lo que hice fue pedir que me regalaran algo, y una señora me regaló dos zanahorias. Pero lo mejor fue al día siguiente, pues un señor me regaló una torta de jamón. ¡No puede haber nada más bueno en esta vida!

Había otro señor que también era muy bueno y me daba permiso de dormir en los carros que él cuidaba por las noches. A cambio de esto yo nomás tenía que acarrear cubetas de agua para que él pudiera lavar los coches. Pero el señor era tan bueno que no sólo me invitaba a mí a dormir en los coches, sino que a veces también invitaba a algunas señoritas; y hasta él mismo se quedaba haciéndoles compañía.

Un día llegué caminando hasta un callejón que estaba muy oscuro, y empecé a sentir miedo. Entonces me puse a caminar más aprisa, pero lo único que conseguí fue llegar a otro callejón que estaba aún más oscuro que el anterior, y me entró más miedo. Seguí corriendo hasta que salí a un lugar donde había un poco de luz. Era uno como terreno en el que había mucha basura y muchos desperdicios. También había perros que buscaban cosas entre la basura.

Y también había niños. Eran como ocho o nueve.

Casi todos eran de mayor edad que yo, menos dos que eran más chicos; o quién sabe.

El mayor de todos era el *Mochilas*. Luego me explicaron que le decían así porque hacía tiempo le habían mochado una mano. O sea que se la habían cortado una vez que se le infectó mucho. Pero le quedaba la otra mano, con la cual pegaba más fuerte que todos sus compañeros. Y por eso todos los demás lo obedecían.

Cuando me acerqué a ellos lo primero que me llamó la atención fue que uno de los niños se estaba pintando la cara. Este niño era el *Pinacate*, y sabía hacer eso de aventar tres pelotitas al aire sin que se le cayera ninguna. Esto lo hacía, según me dijo, en una esquina cercana donde hay un semáforo que tarda mucho con la luz roja, lo cual hace que los carros se detengan un buen rato. Entonces él y otro niño hacían eso de aventar las pelotitas para que luego les dieran una propina. El otro niño se llamaba *Conejo*, pero no sabía aventar las pelotitas. Lo que hacía el *Conejo* era ponerse a gatas para que el *Pinacate* se trepara encima de él, pues así era más fácil que los automovilistas vieran al *Pinacate* cuando aventaba las pelotitas.

Yo quería preguntar más cosas, pero entonces el *Mochilas* le dijo al *Pinacate* que se diera prisa en terminar de pintarse la cara. El *Pinacate* hizo lo que le ordenaron y al rato se fue de ahí en compañía del *Conejo*. O sea: iban a la esquina donde el semáforo tarda mucho con la luz roja.

Los demás niños platicaban muy poco, y ni siquiera me preguntaron que quién era yo o de dónde venía. Algunos solamente se me quedaban viendo, otros decían cosas que yo no entendía. Y no sé por qué, pero me empezó a dar más miedo.

Después de un rato el *Mochilas* empezó a fumar y luego le pasó el cigarro al niño que estaba junto. Éste nomás le dio una chupada al cigarro y se lo pasó al siguiente. Y los demás hicieron lo mismo, hasta que el cigarro me llegó a mí. Entonces yo también le di una chupada, pero me dio muchísima tos. Algunos empezaron a reírse de mí, mientras que otros me miraban como si quisieran preguntarme algo. Pero no me preguntaron nada, lo único que hicieron fue quitarme el cigarro.

También tenían una bolsa de plástico, la cual tenía algo dentro; algo que olía parecido a como huelen los talleres donde pintan carros. Pero yo no tuve mucho tiempo para oler, porque en ese momento llegó corriendo el *Pinacate*, diciendo que el *Conejo* había palmado. O sea: él estaba diciendo que el *Conejo* estaba muerto, y entonces todos salieron corriendo.

Yo fui el último en llegar, pero también alcancé a ver al *Conejo* que estaba ahí en el pavimento, sin moverse y todo lleno de sangre. Pero no me quise acercar mucho, porque empecé a sentir algo muy raro. O sea: como si quisiera vomitar. ¿Pero qué vomitaba, si no había comido nada?

El *Pinacate* tampoco se le acercó mucho. Tal vez porque no quería que los demás se dieran cuenta de que estaba llorando. Aunque no se le notaba mucho, porque las lágrimas parecían como si fueran parte de la pintura que tenía en la cara.

Entonces me dieron muchas ganas de salir corriendo. Y eso fue lo que hice: corrí y corrí sin detenerme para nada.

Nunca volví a ver a todos esos niños. O bueno: sí los he vuelto a ver, pero solamente en sueños. Y cuando esto sucede, siempre me despierto respirando fuerte y como si tuviera mucho frío.

Un día iba yo por otra calle que no conocía, cuando empezó a llover mucho. Entonces me metí a una vecindad. Y desde entonces he vivido ahí.

Primero me quedé en la vivienda número 8, en la cual vivía una señora muy viejita, la cual me dijo que yo le recordaba a un nieto que ella había tenido.

A esta viejita del 8 le temblaban muchísimo las manos, por lo cual no podía hacer muchas cosas. Por eso yo la ayudaba.

Pero ella decía siempre: "Dios tendrá que hacerme el milagro de que alguna vez me dejen de temblar las manos."

Hasta que un día llegué a la vivienda y me di cuenta de que ya no le temblaban las manos; y toda ella estaba quietecita, quietecita.

Creo que la enterraron al día siguiente.

Pero poco después llegó otra persona a ocupar la vivienda número 8, por lo que yo me tuve que salir de ahí. Sin embargo, como ya tenía muchos amigos en la vecindad, un día me invitaban a quedarme a dormir en una casa y otro día en otra. Y así hasta la fecha. Porque no es cierto eso de que yo vivo dentro de un barril, como han dicho algunos. Lo que pasa es que yo me meto al barril cuando no quiero que los demás se den cuenta de que estoy llorando. Y también cuando yo no tengo ganas de ver a los demás. O cuando tengo muchas cosas en qué pensar.

De todas maneras la gente ya se había acostumbrado a llamarme *El Chavo del Ocho*, y así es como me siguen llamando todos.

Profesor Jirafales

La Chilindrina dice que el Profesor Jirafales está enamorado de Doña Florinda, y que por eso, cuando está enfrente de ella, al profesor se le ponen los ojos como de buey enfermo.

Y dice que Doña Florinda también está enamorada del Profesor Jirafales. Que a ella también se le nota mucho, porque se ríe como idiota cada vez que el profesor llega a la vecindad; lo cual sucede casi todos los días.

Doña Florinda lo recibe diciendo siempre lo mismo: "¡Profesor Jirafales!" Y el profesor también responde siempre lo mismo: "¡Doña Florinda!"

—¡Qué milagro que viene por acá! —dice ella.

—Vine a traerle este humilde obsequio —dice él, dándole un ramo de flores que también parece ser siempre el mismo.

—Están hermosas —dice ella—. ¿No gusta pasar a tomar una tacita de café?

—¿No será mucha molestia?

—No es ninguna; pase usted.

—Después de usted.

Entonces los dos entran a la casa de Doña Florinda.

Pero nadie sabe qué tanto hacen ahí dentro.

Quico también es huérfano. Pero no tanto como yo, porque él si tiene una mamá, que es Doña Florinda, y lo único que le falta es un papá.

Según Doña Florinda, lo que sucedió fue que su marido se murió cuando Quico estaba apenas empezando a pronunciar sus primeras palabras, o como dice la Chilindrina: "Cuando Quico estaba apenas empezando a decir sus primeras pendejadas".

En ese tiempo el papá de Quico trabajaba como marinero en un barco, pero Doña Florinda dice que Don Federico (que así se llamaba el papá de Quico) no era solamente marinero, sino que además era el capitán del barco; y que, por lo tanto, ellos habían tenido más dinero que el mismito señor Barriga.

Entonces Ñoño dijo que eso no podría ser cierto, ya que su papá es el dueño de toditita la vecindad.

Pero Doña Florinda dijo que sí, que ellos habían sido riquísimos; y que lo que pasó fue que al quedar viuda no pudo conseguir buenos empleos, y por lo tanto cada vez fue teniendo menos dinero. O sea que ahora no le queda otro remedio más que convivir con la chusma, que somos la Chilindrina, yo y todos los demás.

Tiempo después nos dimos cuenta de que tal vez sí era verdad lo que decía Doña Florinda, pues un día nos enseñó una fotografía de Don Federico, y ahí pudimos ver que sí llevaba puesto un uniforme blanco muy bonito.

Pero el uniforme era lo único bonito, pues el señor era horrible. ¡Con decirles que era idéntico a Quico! O sea: la misma cara de nalga, nomás que con bigotes. Pero con los mismos ojos de huevo tibio y los mismos cachetes de marrana flaca.

Lo más triste fue cuando supimos la forma en que se murió el papá de Quico, pues lo que pasó fue que su barco se hundió en el mar, y él se tuvo que morir ahogado, o masticado por un tiburón.

En la escuela me regañó el profesor por haberle dicho *Maistro Longaniza* en vez de Profesor Jirafales.

Pero lo que pasó fue que se me chispotió, pues todos se quedaron callados cuando yo lo estaba diciendo. O sea que fue sin querer queriendo.

Y de todas maneras me dejó sin recreo. Es que no me tienen paciencia.

Pero luego, a la hora de la salida, entre todos nos pusimos a recordar los diferentes apodos que le hemos puesto al Profesor Jirafales, y hasta hicimos una lista que es la siguiente:

El Maistro Longaniza.

El Ferrocarril Parado.

El Tobogán de Saltillo. (Porque nació en Saltillo, dicen.)

La Riata de Jaripeo.

El Tubo de Cañería.

El Palo Ensebado.

La Garrocha con Patas.

El Intestino Desenrollado.

El Poste de Teléfono.

El Espagueti Crudo.
El Semáforo en Rojo. (Porque el rojo es "alto".)
La Columna de la Independencia.
Y otros que no pudimos recordar.

Pero el mejor de todos sigue siendo el Maistro Longaniza.

El señor Barriga es el hombre más rico del mundo, pues es dueño de todititita la vecindad. O sea que todos los que viven ahí le tienen que pagar una renta cada mes. Bueno, todos menos Ron Damón, que no paga nunca. Y lo mismo sucede con Jaimito el Cartero. Pero los demás yo creo que sí pagan.

Por eso el señor Barriga tiene tantisisísimo dinero, que le alcanza para comprar toda la comida que quiera. Y por eso mismo también es el señor más gordo del mundo.

Por cierto que una vez el Profesor Jirafales nos explicó que la palabra "epidemia" quiere decir que mucha gente está enferma de la misma enfermedad. O sea que la enfermedad es mucha y está muy repartida. Por eso yo pienso que cuando el señor Barriga se enferma del estómago, es como si toda la empidemia fuera para él solito.

Sr. Barriga

Muy pronto el señor Barriga tendrá que conformarse con ser el segundo hombre más gordo del mundo. El que le va a quitar el campeonato es su hijo Ñoño, el cual se pasa la vida tragando.

El otro día Ñoño llevó a la escuela tres tortas de jamón, y no me quiso convidar ni una sola. Por eso le tuve que romper todo lo que se llama cara.

Lo malo fue que Ñoño rajó con su papá, y su papá rajó con el Profesor Jirafales. Entonces el Profesor Jirafales me dijo que lo que yo había hecho estaba muy mal hecho. Lo cual no es cierto, porque se la partí bien y bonito. Y si no lo creen, nomás pregúntenle a Godínez.

De todos modos el profesor me castigó dejándome sin recreo.

Pero el Profesor Jirafales se pasó todo el tiempo platicando conmigo y tampoco salió a recreo. O sea que él mismo se castigó, porque se dio cuenta de que él también merecía un castigo por haberme castigado.

Cuando estuvo platicando conmigo durante el recreo, el Profesor Jirafales me dijo que los niños buenos jamás golpean a los demás. O sea que yo soy un niño malo.

A veces me dan ganas de ser niño bueno, pero llega Ñoño y echa todo a perder. Porque lleva cosas de comer y no me convida. O sea que me da mucho coraje y no me queda más remedio que pegarle.

Otro que me impide ser niño bueno es Quico, porque tiene muchos juguetes y no me los presta. O sea que a él también se la tengo que rajar.

En cambio al que nunca le pego es a Godínez. Porque Godínez responde pegando más fuerte.

Bueno, una vez sí me enojé mucho con Godínez y nos dimos una buena entrada de madrazos. Yo acabé con sangre en las narices; pero Godínez no se fue limpio, porque lo salpiqué de sangre.

Y muchas veces también me han dado ganas de pegarle a la Chilindrina, pero a las mujeres no se les debe pegar nunca. (Por más que lo merezcan.) Y por eso abusan tanto de uno, porque ellas sí le pueden pegar a los hombres. Lo cual da mucho coraje. Y si no lo creen, nomás pregúntenle a Ron Damón, que siempre se tiene que aguantar los golpes que le da Doña Florinda.

Por cierto que una vez Ron Damón me dijo que le gustaría que Doña Florinda hubiera sido hombre para poder contestarle; pero yo le dije que no le convenía, porque si siendo mujer Doña Florinda lo pone como camote, siendo hombre ya lo habría mandado al cementerio.

En la escuela estudiamos los animales.

La diferencia que hay entre los animales y las cosas es que los animales son seres vivos. (Menos cuando ya están muertos.)

Y la diferencia que hay entre los animales y las plantas es que los animales no se quedan en un lugar fijo, sino que cambian de lugar caminando, nadando o volando. De las plantas, en cambio, las únicas que caminan son las plantas de los pies.

También hay muchas diferencias entre unos animales y otros. Por ejemplo: hay algunos que salen de un huevo y otros que salen de su mamá. Los que salen de su mamá se llaman mamíferos. (Pues si salieran de su papá se llamarían papíferos.) Y los que salen del huevo se llaman pollitos.

Jamás debemos olvidar que los animales son muy útiles para nosotros, pues hay animales que se dedican al trabajo y otros que se dedican a que la gente se los coma.

Y de todos los animales el más útil es la vaca, pues aparte de que es comestible, también nos da su leche. Bueno, así se dice, aunque en realidad la vaca no nos da su leche: hay que quitársela. Pero además las vacas tienen un pellejo que sirve para fabricar suelas de zapatos. Y ese mismo pellejo sirve para envolver a la vaca. O sea: para que no se desparrame.

El estiércol sirve para que las vacas sepan lo que hacen.

El esposo de la vaca se llama toro, y es el que usan para las corridas de toros. Pero fuera de eso los toros no sirven para ninguna otra cosa, pues ni dan leche ni son comestibles, ya que su carne es demasiado dura para que uno la pueda masticar a gusto. Los toros solamente vuelven a ser útiles cuando pierden inteligencia, pues entonces los hacen bueyes y los ponen a jalar el arado.

Pero los animales más bonitos son los perros. Y también son los más inteligentes, pues aprenden a hacer muchas cosas.

Si le quieres enseñar algo a un perro, lo primero que tienes que hacer es saber más que el perro.

Pero también hay trucos que ayudan, como eso de darles algo de comida cada vez que hacen bien las cosas. Por ejemplo: tú avientas una pelota bien lejos y luego le ordenas que te la traiga. Entonces, si el perro te trae la pelota, tú le das un poquito de comida. Pero si no te trae la pelota, tú tienes que ir por ella y no le das nada de comida al perro. O sea: es mejor que no te traiga la pelota, porque entonces tú te puedes comer lo que le ibas a dar al perro.

De todos los animales, los marranos son los más cochinos, pero por dentro son muy sabrosos.

Los que tienen joroba se llaman camellos; pero la Popis dice que al camello se le hizo la joroba porque trataron de pasarlo por el ojo de una aguja.

Las jirafas son las que tienen el pescuezo más largo. Y qué bueno que lo tienen así, porque si no tuvieran el pescuezo tan largo, la cabeza quedaría flotando en el aire.

Otros animales que son muy bonitos son los caballos. Y también son muy útiles, pues se pueden usar para montarlos, para jalar carretas, para cargar cosas, etc., etc., etc.

El Profesor Jirafales dice que los primeros que usaron a los caballos fueron los chinos, pero la Chilindrina dice que no, que antes los usaron las yeguas.

Hoy nuevamente seguimos estudiando a los animales.

El Profesor Jirafales nos explicó que los animales que comen carne son carnívoros; los que comen fruta son frutívoros; los que comen insectos son insectívoros, y así.

Entonces Quico dijo que los que comen enchiladas son enchiladívoros y los que comen gordas pellizcadas son gordapellizcadívoros.

Pero el Profesor Jirafales regañó a Quico por haber dicho eso.

Luego preguntó que cuáles eran los animales que comían de todo, y yo respondí que los que comían de todo eran los ricos.

Cuando el señor Barriga llega a cobrarle la renta, Ron Damón se pone tan nervioso que se hace bolas al hablar. Por ejemplo: en vez de decirle "Tenga paciencia, señor Barriga", le dice "Tenga barriga, señor Paciencia". Y de la misma forma le ha dicho "Tiene usted toda la barriga, señor Razón"; y también "Hágame una barriga, señor Caridad", etc.

Pero el señor Barriga ya lo amenazó con correrlo de la vecindad, pues dice que ya está cansado de ir a cobrar sin que le paguen. Entonces Ron Damón le aconsejó que descansara quedándose en su casa, pero el señor Barriga le dijo que era un desvergonzado y que le tenía que pagar los catorce meses de renta que le debía, y que más valía que lo hiciera antes de que lo pusiera de patitas en la calle. Entonces Ron Damón le dijo que por el momento no tenía dinero, pero que no se preocupara; que él no olvidaría su deuda durante todos los días de su vida.

Y lo ha cumplido, pues nunca olvida que le sigue debiendo.

El Profesor Jirafales me regañó porque llevé las orejas sucias a la escuela; pero ni modo que las dejara en casa, ¿no?

Después me dijo que yo debería lavarme las orejas. ¿Pero para qué? Si todavía oigo bastante bien.

Y luego me dijo que también debería lavarme el pescuezo y las manos, y yo le dije que las manos sí me las había lavado. Lo malo fue que entonces me preguntó que cuándo me lavé las manos; pero ni que tuviera yo tanta memoria.

Finalmente me preguntó que cuándo me bañé por última vez, pero francamente yo todavía no me baño por última vez. Eso se lo deben preguntar a los que ya se murieron, porque los que estamos vivos no podemos saber cuándo será la última vez que nos bañemos.

También dijo que no me debo bañar después de desayunar. Y eso lo entiende cualquiera, porque si yo me tuviera que bañar después de haber desayunado, pues no me bañaría nunca.

En la clase de gramática el profesor nos explicó que "sintaxis" no quiere decir que haya huelga de taxis en la ciudad (como pensaba Ñoño), sino que es la forma de ordenar las palabras en la oración.

Entonces la Popis dijo que ella ya sabía ordenar las palabras en la oración, y se soltó diciendo: "Padre nuestro que estás en los Cielos..." Pero el profesor le dijo que él no estaba hablando de la oración que le hacemos a Dios, sino de la oración en general. Entonces Popis dijo: "General nuestro que estás en los Ejércitos..." pero no pudo seguir porque el profesor le dijo que mejor pusiera atención a lo que él decía.

Y lo que él decía es que mucha gente está destrozando el idioma y que hay el riesgo de que luego ya no puedan comunicarse entre sí, como pasó en la torre de papel,* que fue una torre que estaban haciendo hace muchísimo tiempo, y la cual

---

* Obvio que se refiere a la Torre de Babel.

querían que fuera tan alta, tan alta, que pudiera llegar hasta el cielo. (Pero qué mensos, ¿no? Porque si de cemento armado está difícil, pues nomás imagínense si fuera de papel.)

De todos modos el Profesor Jirafales nos dijo que ahí fue donde se separaron las lenguas. Esto hizo que la Chilindrina pegara un brinco y pusiera cara de susto. Y así preguntó: "¿Qué fue lo que dice que pasó?" Y el profesor repitió: "Que ahí fue donde se separaron las lenguas". Entonces la Chilindrina preguntó: "¿Pues qué estaban haciendo?" Y el profesor repitió que lo que estaban haciendo era una torre.

Después aclaró que al hablar de lenguas él se estaba refiriendo a los idiomas. Lo cual hizo que Ñoño se pusiera a presumir diciendo que su papá domina muchas lenguas. Y le preguntó a la Popis que si pasaba lo mismo con su tía Florinda; pero la Popis le dijo que no, que su tía Florinda no domina ni su propia lengua, pues a cada rato se la muerde.

El profesor siguió después explicándonos todo y dijo que lo que pasó en la torre de papel fue que todos empezaron a notar que cada uno hablaba un idioma diferente. (Pero no aclaró si luego los doblaban o si les ponían títulos en español.)

La Chilindrina dice que Doña Clotilde es la Bruja del 71. (Porque vive en la vivienda número 71.) Y lo mismo piensan Quico y la Popis, pero Jaimito el Cartero dice que no es cierto, pues si fuera una bruja, ¿por qué no hace una brujería para convertirse en una mujer joven y bonita?

O sea que yo tampoco creo en las brujas.

¡Pero de que existen, existen! No hay manera de saber si es o no es una bruja, pero por si las dudas, lo mejor es no toparse nunca con Doña Clotilde.

Yo, cuando me topo con ella, siento mucho miedo y me da la garrotera. O sea que me quedo trabado y no puedo ni moverme. Y entonces me tienen que echar agua fría para que me pueda mover.

Por cierto que un día la Popis me preguntó que qué se siente cuando le da a uno la garrotera, pero no es fácil de explicar, porque lo que se siente es que uno empieza a sentir como si no estuviera sintiendo nada. Después ya sientes que no sientes tanto, y así, hasta que sientes que ya no sientes lo que sientes.

Doña Clotilde
La bruja del 71

Luego la misma Popis me recordó que Doña Clotilde está enamorada de Ron Damón; y dijo que sólo una bruja sería capaz de eso.

Además la Bruja del 71 a cada rato le regala pasteles a Ron Damón, y la Chilindrina piensa que a la mejor le pone toloache y otras cosas de ésas que dejan idiota a la gente. Pero yo pienso que, para ser idiota, a Ron Damón no le hizo falta comer nada.

Ayer hubo examen de Historia.

Había diez preguntas. Y yo solamente contesté mal la primera.

Las demás no me dio tiempo para contestarlas.

Lo que pasa con la Historia es que los profesores hacen trampas, pues te preguntan cosas que pasaron cuando uno ni siquiera había nacido. Y lo peor de todo es que cada vez se hace más difícil estudiar, porque siempre siguen pasando cosas. En cambio para los adultos fue muy fácil, pues cuando ellos estudiaron casi no había pasado nada.

Pero de todas maneras las clases de Historia son muy divertidas, pues es como si te contaran cuentos.

Como ése de que hicieron una Revolución para que mejoraran las cosas.

Después del examen hemos tenido muchas más clases de Historia, y para que no se me olviden voy a escribir todo lo que recuerdo.

Había un presidente que se llamaba Don Porfirio, que fue el que más tiempo soportó a los mexicanos.

Pero los presidentes nada más pueden pasársela de presidentes durante seis años, y cuando se dieron cuenta de que Don Porfirio ya había durado mucho más tiempo, le dijeron que eso no se valía.

Entonces llegó uno que se llamaba Francisco Madero (igualito que la calle) y le declaró la Guerra de la Revolución. ¡Y que va ganando!

Entonces Francisco Madero se puso a ser presidente; pero nomás tantito, porque llegó otro que era malísimo y mató a Madero y hasta lo quitó de presidente.

Entonces empezó otra Guerra de la Revolución. Pero no contra Don Porfirio, sino todos contra todos; porque todos querían ser presidentes.

El único que no quería ser presidente era Emilio Zapata. Lo que él quería era que todo mundo fuera campesino.

Lo malo fue que los ricos hacendados preferían ser ricos hacendados antes que ser campesinos; y como no se ponían de acuerdo, los campesinos empezaron a matar a los ricos hacendados y los ricos hacendados empezaron a matar a los campesinos. Y total, que la tierra no la ocuparon ni los campesinos ni los ricos hacendados, sino los muertos que tenían que enterrar; porque en ese tiempo mataron a tantos, que el promedio fue que la gente se moría uno por persona.

También había un vaquero que se llamaba Pancho Villa, el cual tenía muchos amigos y muchas mujeres. Pero al que más apreciaba era a su caballo, que se llamaba Siete Leguas. Y se cuenta que Pancho Villa tenía tan buena puntería con la pistola, que donde ponía el ojo ponía la bala. Y se la pasó poniendo el ojo.

El más listo de todos se llamaba Carranza, pues era el que mejor sabía leer y escribir, para lo cual usaba unos anteojos así de chiquitos. Carranza también sabía hacer leyes. En cambio no sabía ni agarrar una pistola. Mejor agarraba otras cosas.

Pero el que más agarraba era uno que se llamaba Obregón, el cual nomás tenía una mano. Pero con ésa le bastaba.

Lo más curioso de todo es que en México ha habido muchas calles que tienen nombres de presidentes, y un presidente que tiene nombre de Calles.

El otro día, al regresar de la escuela, vi que Jaimito estaba cortando ramas de los rosales que están en las macetas. Yo le pregunté que por qué maltrataba así a las plantas, pero Jaimito me dijo que no las estaba maltratando; que nomás les estaba arrancando unos pies.

Por un momento yo pensé que Jaimito se estaba volviendo loco, pero luego me explicó que no es que las plantas tengan pies como la gente (pues ya se habrían ido), sino que así se les dice a unas ramitas que les cortan. Después esas ramitas se entierran en otras macetas y empiezan a crecer hasta que se convierten en rosales que dan flores y toda la cosa.

Jaimito dice que estos nuevos rosales vienen siendo los hijos del otro. Y yo le dije que qué bueno que los niños no nacen como los rosales, pues le tendrían que cortar un pie a la mamá y luego enterrarlo en una maceta para que creciera. O sea que cada mamá no podría tener más de dos hijos.

Lo que pasa es que Jaimito sabe mucho de plantas porque en Tangamandapio hay muchos árboles y flores y todo eso. Esto lo sabemos porque Jaimito siempre anda contando cosas bonitas de Tangamandapio, que es el pueblo donde él nació. Y yo me imagino que debe ser un pueblo muy bonito, pues siempre que habla de él, Jaimito dice que es "un pueblecito encantador con crepúsculos arrebolados". Y al acordarse termina poniendo ojitos de perro acariciado.

A Jaimito le gustan tanto las plantas, que ni siquiera se ríe cuando hacen chistes con eso. Por ejemplo: un día nos estaba platicando de las flores que tienen perfume, y se enojó cuando Godínez dijo que las plantas más olorosas son las plantas de los pies.

Luego la Popis dijo que las plantas más peligrosas son las plantas eléctricas, y otra vez se enojó Jaimito.

Por eso yo pienso que Jaimito debería ser jardinero en vez de cartero, pero él dice que ha sido cartero toda su vida.

Lo malo es que, cuando regresa del trabajo, siempre llega muy cansado a la vecindad. Y lo que más le cansa es tener que andar cargando la bicicleta, pues Jaimito el Cartero no sabe andar en bicicleta.

Pero no puede decir que no sabe andar en bicicleta, porque si sus jefes llegaran a saber esto, perdería su empleo de cartero. Y por eso llega tan cansado.

Luego sigue cansado todo el día. Y por eso no quiere hacer nada: porque prefiere evitar la fatiga, como dice él.

Yo creo que lo que pasó fue que Jaimito empezó a trabajar de cartero antes de que inventaran las bicicletas, pues el probecito es más viejo que las arañas. Claro que él nunca quiere decir cuántos años tiene, pero yo me imagino que no baja de 400. Por eso el pellejo le cuelga como moco de guajolote.

De todos modos, Jaimito el Cartero dice que a él le gustaría pasar sus últimos días en Tangamandapio, pero yo lo veo muy difícil. A menos que saliera para allá dentro de quince minutos.

Ñoño se enojó mucho cuando dijimos que su papá parece tinaco desparramado. ¿Pero nosotros qué culpa tenemos de que su papá parezca tinaco desparramado?

Después no había manera de conseguir que Ñoño se pusiera contento. Y por eso nos amenazó a todos diciéndonos: "Van a ver; los voy a acusar con el tinaco desparramado". O sea que se le chispotió la verdad, pues lo que él quería decir era que nos pensaba acusar con su papá.

Y estaba así cuando lo encontró Doña Clotilde, la cual le dijo que no debía llorar por eso y que aprendiera de ella que no se enoja cuando le dicen "bruja". Pero yo estoy seguro de que eso es una mentira, pues he visto muchas veces cómo se enoja Doña Clotilde cuando le dicen así. Sin embargo, ella insistió en que estaba diciendo la verdad; y entonces, como prueba, Ñoño le dijo "bruja, bruja, bruja". (Así: tres veces.) Y Doña Clotilde, como si nada.

Con esto yo me animé y me acerqué para decirle "bruja", pero Doña Clotilde siguió sin enojarse. Y lo mismo pasó con la Popis, Quico y Godínez, pues tampoco se enojó cuando ellos le dijeron "bruja".

Pero todos estábamos muy contentos por saber que ya le podíamos decir "bruja" sin peligro alguno, cuando llegó la Chilindrina y nos echó a perder la fiesta. Y es que ella llegó preguntando que por qué estábamos tan felices, y yo le respondí que porque Doña Clotilde ya no se enoja cuando le decimos "bruja"; pero la Chilindrina en vez de animarse se puso muy seria, como si estuviera dudando. Entonces yo le dije: "Si no me crees ve y dile bruja para que compruebes que no se enoja". Pero la Chilindrina me respondió. "Si no se va a enojar, ¿para qué le digo bruja?"

Entonces los demás nos dimos cuenta del error que habíamos cometido, pues lo bonito de decirle "bruja" era ver la cara de guajolote que ponía Doña Clotilde. Y lo comprendimos mejor al ver que la Chilindrina empezaba a llorar de tristeza recordando los buenos tiempos. "Esa mujer —nos dijo— siempre había sido muy buena con nosotros; pues bastaba con que alguien dijera *aguas, ahí viene la Bruja del 71* para que al instante hiciera aquellos gestos de coraje que tanto nos divertían. Y ahora, de pronto, la muy ingrata nos quita esos dulces momentos de felicidad que tanto habíamos disfrutado."

Luego la Chilindrina hizo que nos preocupáramos aún más, pues nos dijo que lo mismo podría suceder si Doña Florinda no se enojara cuando le dijéramos "Vieja Chancluda". Pero lo bueno fue que este comentario lo escuchó Doña Florinda, quien iba pasando por ahí en ese momento, y se soltó diciendo que éramos unos tales por cuales y que eso era lo malo de vivir entre la chusma. Y todo eso, claro, poniendo esa cara de vela derretida que tanto nos divierte.

Después de eso la Chilindrina dijo algo que no entendí muy bien. Pero le pedí que me lo repitiera para poder escribirlo. Y esto fue lo que ella dijo: "Con esto que acaba de hacer, Doña Florinda nos está recordando que jamás debemos perder la fe en el Género Humano".

Ron Damón dice que a él no le daría miedo ir al Infierno cuando se muera, pues está seguro de que no le echarían más de dos o tres años de condena. Y menos aún si en vez de encerrarlo en la grande lo mandaran al Purgatorio Oriente, por ejemplo. O al Purgatorio Norte, digamos.

Yo le pregunté que cómo podía estar tan seguro de eso, y Ron Damón me dijo que todo era cuestión de tener algunas "palancas". (Así dijo.) Y él, por ejemplo, había sido muy amigo del padre José (que falleció el año pasado) y que seguramente debía estar muy bien parado allá en el otro mundo.

Pero la mera verdad es que Ron Damón no parecía estar muy confiado que digamos, pues luego me dijo que si le llegara a fallar la palanca del padre José, no le quedaría otro remedio más que dar una "mordida". Y esto sí sería mucho más difícil de conseguir, porque Ron Damón jamás ha tenido ni en qué caerse muerto. Pero aparte de todo a mí me entró la duda de que en el Infierno aceptaran "mordidas"; aunque Ron Damón me dijo que de eso no me preocupara, pues si las acepta un juez, con mayor razón las acepta el Diablo. Porque ni modo que vaya resultando que el Diablo es un inocente angelito.

En cada salón de la escuela escogieron a un niño para que hiciera la colecta de la Cruz Roja. Y en mi salón me escogieron a mí.

Me dieron un bote pintado de blanco, el cual tiene una cruz de color rojo. En la parte de arriba tiene dos agujeros que sirven para que la gente eche por ahí el dinero. Uno es así: como alargadito; y el otro es redondo. (Lo curioso es que el agujero alargadito es para las monedas, que son redondas, y el redondo para los billetes, que son alargaditos.)

Pero resulta que no es nada fácil eso de pedirle dinero a la gente. La Chilindrina, por ejemplo, dijo que ella ya había dado. Yo le pregunté que cuándo, y ella me contestó que el año pasado. Entonces yo le dije que era necesario colaborar todos los años, ya que todos los años hay atropellados, accidentes de tránsito y todo eso; pero la Chilindrina me dijo que ella qué culpa tenía. Finalmente, sin mucho entusiasmo que digamos, aceptó echar una moneda. Yo no pude ver de a

LA CHILINDRINA

cómo era, pero ella me dijo que había sido de cinco pesos. Sin embargo, para mí que sonó como si hubiera sido de 50 centavos.

Pero la Chilindrina al menos puso algo, a diferencia de la Popis que no puso nada. Y encima de todo hasta quiso hacer un chiste, pues cuando le pregunté que si ella ya había puesto, la Popis me dijo que ni que fuera gallina. Yo le aclaré que se trataba de poner dinero, pero la Popis me dijo que no tenía ni cinco centavos. Entonces la Chilindrina le dijo que algunas personas en vez de dar dinero dan sangre, la cual es útil porque en los accidentes hay mucha gente que pierde sangre. A esto la Popis dijo que si la gente pierde las cosas es por no fijarse dónde las dejan; pero la Chilindrina le explicó que lo que pasa es que a la gente se le chispa la sangre por las heridas que sufren en los accidentes, y que luego se los llevan al hospital de la Cruz Roja, donde los vuelven a rellenar de sangre. La Popis le dijo que ya había entendido; y que no podía dar dinero, pero que sí podía dar sangre. Pero la verdad es que la muy mensa no había entendido nada, pues luego dijo que teníamos que esperar a que mataran a la gallina; y cuando yo le pregunté que a cuál gallina, ella me contestó que estaba hablando de una gallina que había comprado su tía Florinda la semana pasada. O sea que la muy mensa estaba pensando que podía colaborar con sangre de gallina, sin tomar en cuenta que a los seres humanos solamente se vale rellenarlos con sangre de otros seres humanos. Entonces la Popis preguntó que ella de dónde podía sacar esa clase de sangre, y la Chilindrina le dijo "de tus narices". Y la misma Chilindrina le ayudó dándole un catorrazo.

Lo malo fue que la Popis no pudo colaborar donando esa sangre, pues la muy mensa se fue corriendo rumbo a su casa, diciendo que iba a acusar a la Chilindrina con su tía Florinda.

Entonces llegó Ñoño, el cual sí colaboró con un billete de veinte pesos para la Cruz Roja. A mí me consta la cantidad porque vi el billete con mis propios ojos. Además, el mismo Ñoño nos dijo claramente que colaboraba con veinte pesos, sabiendo que alguna vez podría suceder que él sufriera un accidente y que lo tuvieran que llevar a la Cruz Roja. Lo malo es que en ese caso los veinte pesos no servirían para nada, pues si Ñoño sufriera un accidente, por lo menos harían falta dos camillas para levantarlo. ¡Y para llevárselo, puede que hasta hicieran falta dos ambulancias! ¡Y luego para volver a rellenarlo de sangre! ¡Ni con un tinaco!

Yo estaba pensando en todo eso cuando salió Quico de su casa, seguido por la Popis. Los dos venían muy decididos, pues la Popis había ido con el chisme de que la Chilindrina le había dado un catorrazo en las narices. Y yo hasta pensé que Quico le iba a pegar a la Chilindrina; pero no. Me pegó a mí.

Ñoño me ayudó a levantarme, pero cuando busqué a Quico, el muy cobarde ya había pegado la carrera. Entonces la Chilindrina se dio cuenta de que yo estaba muy enojado, y me dijo que me calmara. Luego, como queriendo cambiar la conversación, me preguntó que si yo ya había dado algo a la Cruz Roja. Yo le respondí que no le había dado nada, pero que pensaba mandarle algo. La Chilindrina me preguntó que qué pensaba yo mandar a la Cruz Roja, y yo le respondí: "Un herido". Y esperé a que regresara Quico.

Antes no había tanta población como ahora, porque entonces nomás estaban Adán y Eva.

O más bien dicho, nomás estaba Adán, que fue el primer hombre. Lo que pasó fue que un día se quedó dormido, y cuando despertó ya le habían quitado una costilla. Y luego a la costilla le empezaron a salir manos, piernas, cabeza y todo lo demás (menos el pito) hasta que se completó la señorita Eva.

Adán y Eva vivían en un lugar muy bonito que se llamaba Paraíso, que era uno como bosque lleno de flores, con pájaros, venados y leones. (Pero los leones estaban amaestrados.)

En el Paraíso estaba prohibido comer manzanas. Pero una vez llegó una víbora llamada Serpiente, la cual le aconsejó a Adán y Eva que se comieran varias manzanas. O sea que era una víbora que ya había aprendido a hablar. Porque antes las víboras eran tan diferentes que hasta tenían manos. (Esto se sabe porque la víbora tentó a Eva, y si no hubiera tenido manos, ¿cómo podía tentarla?) Pero Eva no le dijo a Adán que la víbora la había tentado, porque los señores se enojan mucho cuando alguien anda tentando a su mujer.

De todos modos Adán y Eva fueron castigados por desobedientes. Y por eso los corrieron del Paraíso. El que los corrió fue un ángel que tenía una espada como las que usaban en la Guerra de las Galaxias.

Pero encima de eso todavía recibieron otros castigos. Por ejemplo: Adán tenía que comer el pan embarrado con el sudor que le escurría de la frente. Y a Eva le pusieron como castigo que le doliera mucho cuando tuviera hijos.

Pero como no tenían otra cosa que hacer, se pusieron a tener hijos.

Al mayor de los hijos lo bautizaron con el nombre de Caín, y al segundo con el nombre de Abel.

Abel era un niño muy obediente y muy bueno. Caín, en cambio, siempre le causó mortificaciones a su mamá. La primera mortificación fue cuando Eva le daba de comer, pues Caín tenía quijada de burro, como Quico. Y no es lo mismo darle el pecho a un bebé común y corriente que a uno que chupa con quijada de burro.

Pero la peor mortificación que recibió Eva fue cuando los muchachos ya estaban más grandecitos, pues resulta que un día Caín se enojó mucho con su hermano y lo golpeó con la quijada. Pero el golpe fue tan fuerte, que Abel cayó al suelo, y cuando se dio cuenta, ya estaba muerto.

Después, Adán y Eva también se murieron.

En esta vida hay cosas que son caras porque cuestan mucho dinero, y otras que cuestan muy poco y por lo tanto son baratas.

Yo, por ejemplo, soy un niño barato.

Por eso la Chilindrina me mira con mucha lástima y me dice: "¡Pobre Chavito! ¿No te da pena saber que tú eres tú?"

¿Pero yo qué puedo hacer?

Porque ya muchas veces nos hemos preguntado que qué nos gustaría ser cuando seamos grandes, y yo nunca he sabido contestar nada.

Los demás sí: a la Chilindrina le gustaría llegar a ser presidenta; la Popis quiere ser actriz de televisión; Ñoño quiere llegar a ser dueño de muchos restaurantes; Godínez quiere ser futbolista, y Quico quiere ser como su mamá. O sea que Quico es más idiota de lo que pensábamos, porque hace falta ser idiota para querer parecerse a esa vieja chancluda que nomás se la pasa regañando a todo el mundo. Además, cuando la gente se hace grande, los hombres deben parecer hombres y las mujeres

68

deben parecer mujeres. O sea que Quico va ser de los que se ponen aretes en las orejas.

Pero luego Quico nos aclaró que no, que eso no es verdad. Y además nos dijo: "Yo solamente me quiero parecer a mi mamá en eso de tener un hijo como yo".

La gente dice que en esta ciudad ya no se puede respirar bien porque el aire está muy condimentado.*

Pero el Profesor Jirafales dice que, en cambio, la gente no se preocupa mucho por otra cosa que está peor cada día, como es el ruido.

El ruido sirve para que uno lo oiga.

Pero lo malo es que también puede servir para que se eche a perder el oído de mucha gente, como sucede en las discotecas. Y no es que sea malo escuchar la música; lo malo es escucharla cuando está a todo volumen. O sea: lo que hace daño es el volumen. Y por eso es por lo que Ñoño siempre anda enfermo: por el volumen que tiene.

Además de las discotecas, lo que también hace muchísimo daño es el ruido que hacen las motocicletas. Sobre todo cuando te atropellan.

---

* Está claro que el Chavo quiso decir que el aire está "contaminado". Esto significa que no ha podido oír bien la palabra; lo cual, a su vez, confirma todo lo que dice en esta página.

En la escuela hay una niña nueva que se llama Pati, pero de cariño le dicen Patricia Jiménez.

Pati se sienta en el pupitre que está atrás del mío, pero el Profesor Jirafales insiste en que yo debo mirar al pizarrón en vez de mirar a Pati.

Lo bueno es que durante el recreo sí me la puedo pasar todo el tiempo mirando a Pati.

Cuando ella corre, su pelo se hace así: muy bonito.

A veces Pati se me queda viendo. Y entonces yo ya no puedo seguir viéndola a ella, pues quién sabe por qué, pero cuando ella me ve a mí yo siento algo como que no sé.

Y cuando se ríe yo siento lo mismo, pero mucho más.

Yo estaba jugando a brincar de cojito, cuando Quico salió de su casa comiéndose un plátano. Y un momento después me preguntó: "¿Quieres?" Y yo le iba a responder que sí, porque ese plátano se me antojaba muchísimo, pero recordé que siempre me hace lo mismo: primero me pregunta "¿Quieres?", y cuando yo digo que sí, él me dice "Pues compra". O sea que le dije que no, que no quería, y le expliqué por qué. Entonces Quico me dijo: "Pues qué lástima, porque esta vez sí pensaba darte la mitad del plátano". Eso me dio tanto gusto que le dije: "Sí, sí quiero". Y entonces él me dijo: "Pues compra".

Lo peor de todo fue que yo no vi dónde tiró la cáscara del plátano. O sea que me resbalé al pisar la cáscara, y fui a dar al suelo.

Y Quico, en vez de preocuparse, se soltó riendo como burlándose de mí. Entonces yo le rajé dos trancazos en sus cachetes de marrana flaca, y al instante se puso a llorar recargándose en la pared.

Lo malo es que Quico llora como si estuviera haciendo gárgaras con agua de cañería. Y lo hace con tanto ruido, que se oye en toda la vecindad. Por eso Ron Damón hasta salió de su casa para averiguar qué sucedía. Entonces yo iba a comenzar a explicarle, cuando llegó Doña Florinda de la calle y le preguntó a su hijo que qué le pasaba, y Quico le respondió: "Me pegó". Pero como no aclaró quién fue el que le pegó, Doña Florinda pensó que había sido Ron Damón. Y como siempre, Ron Damón fue el que salió pagando el pato.

Luego Doña Florinda le dijo a Quico: "Ven, tesoro; no te juntes con esta chusma". Entonces Quico le dijo a Ron Damón: "¡Chusma, chusma!" Después Quico y su mamá se metieron a su casa.

Pero a Ron Damón le dio tanto coraje, que azotó su sombrero contra el suelo. Y luego le dio más coraje, porque su sombrero cayó en una caca de perro.

Yo me di cuenta de que Ron Damón estaba tan enojado, que de seguro se quería desquitar conmigo, pero me puse vivo y pegué la carrera.

Lo malo fue que en ese momento iba llegando a la vecindad el señor Barriga y yo fui a dar de tope contra su panza y lo tiré al suelo. Entonces el señor Barriga dijo: "¡Tenía que ser el Chavo del Ocho!" Y yo le respondí que "Fue sin querer queriendo". Pero él contestó que siempre pasaba lo mismo: que yo siempre lo recibía con un golpe cuando él llegaba a la vecindad, y que siempre le decía "Fue sin querer queriendo". Entonces yo le dije que estábamos a mano, porque él repetía también siempre lo mismo: "¡Tenía que ser el Chavo del Ocho!"

Hoy en la mañana, durante el recreo, Pati llegó por detrás de mí, me tapó los ojos con las manos y me dijo: "Adivina quién soy". Y yo supe que era Pati porque es la única que tiene una voz que se siente bonito cuando la oyes. Pero no le pude decir nada porque empecé a sentir unas como cosquillas.

Luego la Chilindrina también llegó por atrás de mí, me tapó los ojos con las manos y me dijo: "Adivina quién soy". ¡Como si no fuera yo a reconocer a la muy mensa!

Entonces la Chilindrina le quitó unos caramelos a Pati y Pati se quedó llorando. Y yo también sentí unas como ganas de llorar, pero me aguanté.

Mejor fui y le quité los caramelos a la Chilindrina y se los devolví a Pati. Entonces fue la Chilindrina quien se puso a llorar.

A mí me da mucho coraje oír llorar a la Chilindrina, porque siempre llora como si la estuvieran matando; y con esos gritos uno hasta se queda sordo.

¡Qué diferencia con Pati, que cuando llora nomás hace un ruidito así: muy quedito; y sus ojitos se le ponen así: como mojaditos, y hasta brillan más!

Finalmente, yo también lloré. (Porque la Chilindrina me dio una pedrada en la cabeza.)

Si alguna vez me sacara yo la lotería, lo primerito que me gustaría hacer sería invitarme a comer.

Porque en esta vida lo más importante es comer.

Porque si no comes, te mueres.

Y si te mueres, ¿a qué horas comes?

Y si no vas a comer, ¿para qué te mueres?

Por eso es mejor comer que morirse.

Por cierto que el Profesor Jirafales dice que el intestino de las personas mide como seis metros de largo; pero a mí me ha tocado tan poca comida, que por lo menos debo tener como dos o tres metros de intestino sin estrenar.

Y no estoy muy seguro, pero creo que la última vez que mastiqué un pedazo de carne fue cuando me mordí la lengua.

Una vez me puse tan malo que me llevaron a un hospital muy bonito, donde las enfermeras se llamaban monjas; y eran tan buenas que me daban de comer tres veces al día. Pero lo malo fue que nomás estuve enfermo cuatro días y luego ya me alivié. Ahora estoy esperando que otra vez me vuelva a poner malo, para que otra vez pueda comer tres veces al día.

Ayer fue cumpleaños de Pati. Yo no lo sabía. Pero lo supe cuando Ñoño llegó y le dio un regalo. Entonces Pati le dio un beso a Ñoño.

Un día de estos voy a agarrar a Ñoño y le voy a romper todo lo que se llama cara.

Ñoño

De todas las historias que nos ha contado el Profesor Jirafales, una de las más bonitas es la de un señor que se llamaba Noé, que fabricaba barcos y juntaba animales.

Un día Dios le dijo a Noé que ya faltaba poco para el Diluvio, que es como un aguacero, pero más tupidito. Entonces Noé le preguntó que qué debería hacer, y Dios le recomendó que fabricara un barco grandisísimo para que cupieran todos los animales. Y también el elefante.

Pero los únicos que ayudaban a Noé eran sus hijos (que eran tres) y las esposas de sus hijos. En cambio todas las demás personas del pueblo ni ayudaban ni nada, y nomás se la pasaban burlándose de Noé y pensando que el pobrecito estaba loco. Y Noé les contestaba que los locos eran ellos y que luego no fueran a quejarse cuando se estuvieran ahogando.

Sin embargo, más que las burlas de la gente, lo que le preocupaba a Noé era eso de que tenía que juntar parejas de animales, porque debían ser macho y hembra, y muchas veces no es tan fácil distinguir cuál es el macho y cuál es la hembra. Claro que hay algunos que sí se distinguen muy fácilmente (los burros, por ejemplo), pero hay otros que no sé cómo le hizo Noé para distinguirlos, como es el caso de los pájaros, los pescados, las víboras, los gusanos, etc., etc., etc.

Pero sea como sea Noé logró juntar a todas las parejas de animales y les pidió que entraran al barco que, por cierto, se llamaba Arca.

Pero entraron justo a tiempo, pues al ratito el Diluvio se puso a llover; y como todavía no habían inventado las alcantarillas, las calles empezaron a inundarse de agua. Y luego siguió lloviendo tan tupido, que al rato ya no se veía el suelo ni las casas ni nada. Lo único que se podía ver era el barcote, en el cual iban Noé, su familia y los demás animales.

Noé pensaba que los demás se iban a morir de envidia, pero no fue así; se morían de ahogados.

Lo malo fue que un día, no teniendo mucho qué hacer, a Noé se le ocurrió inventar el vino. Y claro: se emborrachó.

Pero estaba tan borracho que ni siquiera se podía levantar para asomarse a ver si ya había dejado de llover. Por lo tanto, lo que hizo fue agarrar un pájaro, al cual le ordenó que saliera a ver si todavía seguía lloviendo. Entonces uno de sus hijos empezó a burlarse de Noé, diciéndole que los pájaros no sabían hablar, a menos que fueran pericos. Pero los pericos no saben decir si está lloviendo o no; lo único que saben decir son cosas como "Daca la pata, lorito", "Vete a la porra, niña pedorra" y cosas por el estilo. O sea que de nada servía que mandara al pájaro.

Pero Noé seguía estando tan borracho que ni siquiera le dio por avergonzarse cuando su hijo se burló de él. En vez de eso le dio por maldecir a los hijos de su hijo. O sea que pasó a fregar a los nietos, que ni culpa tenían.

Al otro día Noé dijo que él no era tan tonto como para esperar que el pájaro hablara en español, sino que lo mandó para ver si regresaba seco o mojado; porque si regresaba mojado quería decir que seguía lloviendo. Y lo mismo al revés.

Lo malo era que el pájaro no regresaba ni seco ni mojado. O sea que seguían en las mismas. Y Noé no podía mandar a otro pájaro porque se le podían acabar. (Ya que nomás llevaba dos de cada uno.) Hasta que por fin a alguien se le ocurrió asomarse y vio que el Diluvio ya no estaba lloviendo. Entonces todos bajaron del barco y se pusieron a tener hijos para reponer a toda la gente que se había muerto ahogada.

Algunos de los hijos salieron blancos, otros salieron negros, y otros salieron chinos.

Pero lo más interesante de Noé fue la cantidad de años que llegó a vivir. (No recuerdo muy bien, pero creo que fueron más de 900.) O sea que llegó a ser aún más viejo que Jaimito el Cartero. Y mucha gente se pregunta que cómo es posible que una persona pueda vivir tanto tiempo; pero lo que sucede es que en aquella época no había médicos ni hospitales ni nada de eso.

Ayer el Profesor Jirafales nos ordenó que copiáramos una frase que hay en el libro de Ciencias Naturales. Y es ésta:

"El Ser Humano se vale de los *sentidos* para entrar en contacto con el mundo que lo rodea".

Y hoy en la mañana el profesor preguntó que si sabíamos cuáles son los sentidos. Entonces la Popis dijo que los sentidos son los sangrones que les haces algo y luego ya no te quieren hablar ni nada y hasta te retiran el saludo.

Pero el profesor le dijo que él estaba hablando de otra clase de sentidos, que son los que dice el libro. Y estos sentidos son cinco: la vista, el oído, el olfato (o sea: la cosa de oler), el gusto y el tacto. (O sea: cuando tientas algo.)

Luego el profesor le preguntó a Pati que para qué le servían a ella los ojos, y yo me adelanté a responder que a Pati los ojos le sirven para mirar bonito.

Entonces la Chilindrina me dio un pellizco que me dejó ardiendo el brazo. Y el profesor me dijo que la pregunta se la había hecho a Pati. Entonces Pati respondió que a ella los ojos le servían para dos cosas: para ver cuando está despierta y para cerrarlos cuando tiene sueño. Pero la Chilindrina le dijo que también le van a servir para llorar cuando ella le rompa todo lo que se llamara cara. (Lo cual yo no voy a permitir.)

Además: el Profesor Jirafales le llamó la atención a la Chilindrina por andar de peleonera; pero ella dijo que daba coraje que respondieran tonterías. Entonces yo le dije que Pati jamás respondía tonterías. Y esto hizo que se enojara más la Chilindrina, que me dijo: "Tú mejor cállate el hocico, Chavo". Y luego añadió: "¿Sabes para qué te sirven a ti los ojos?" Y yo le contesté que a mí los ojos me sirven para mirar a Pati. Entonces la Chilindrina me dio una patada en la espinilla y me dijo: "¡Pues no! A ti los ojos nomás te sirven para tener lagañas y chinguiñas".

El Profesor Jirafales tuvo que calmar a la Chilindrina, lo cual le costó bastante trabajo. Y luego, cuando parecía que ya se había calmado, el profesor le preguntó que si ella sabía para qué le servían los oídos, y la Chilindrina contestó que le servían "para escuchar las pendejadas que decía el Chavo".

Esto hizo que el profesor se enojara muchísimo, pues siempre nos ha dicho que a él no le gustan las groserías. (Pero bien que las dijo un día que se puso a discutir con Ron Damón.) Y la Chilindrina le dijo que a ella tampoco le gustaban esas palabras y que la prueba está en que solamente las dice cuando está muy enojada. (O sea: lo mismo que le pasó al profesor cuando discutía con Ron Damón.)

Después ya se calmó la Chilindrina y el profesor siguió con la lección de Ciencias Naturales.

Nos dijo que el sentido que sirve para percibir los olores se llama olfato, y que también hay un órgano que se encarga de eso. Luego preguntó que si sabíamos dónde está ese órgano, y Godínez respondió que el órgano se encuentra en la parte de atrás de la iglesia. Pero el profesor le dijo que él estaba hablando de la nariz. (Aunque no aclaró de la nariz de quién.)

Luego el profesor me preguntó a mí que si sabía lo que es el gusto, y le respondí que sí: que el gusto es lo que se siente cuando llega Pati. Entonces sentí en la espinilla otra patada que me daba la Chilindrina. (Cuando ya parecía que se había calmado. O sea: con razón dice Ron Damón que es imposible entender a las mujeres).

El profesor aclaró que al hablar del gusto él se estaba refiriendo a algo que se siente en la boca. Entonces yo dije que lo mejor que se podía sentir en la boca sería un beso de Pati. Pero no pude saber si había respondido bien, pues al instante la Chilindrina me volvió a patear en la espinilla, aparte de darme un reglazo en la cabeza y un pellizco en el pescuezo.

Lo bueno fue que el profesor se apresuró a detener a la Chilindrina. Pero cuando la soltó, ella se puso a decir: "¡Es que ya me tienen aburrida! ¡Que los ojos para mirar a Pati! ¡Que el oído para escuchar a Pati! ¡Y lo mismo el olfato y el gusto!" Y luego, como si recordara algo que la espantaba, terminó diciendo: "¡Y todavía falta el tacto!" Y se salió corriendo del salón de clases.

Entonces el Profesor Jirafales nos dijo que no nos preocupáramos; que ya volvería a entrar. Y siguió con la lección, explicándonos que todos los sentidos son importantes. Dijo que, por ejemplo, es muy lamentable que haya personas que pierden la vista. Y Godínez dijo que entonces trabajan como árbitros de futbol. Luego habló de los que pierden el oído, y Ñoño dijo que éstos se dedican a ser cantantes de "roncanrol". Después dijo que también era lamentable que alguien perdiera el olfato, pero Pati dijo que no, que eso era bueno, pues los que pierden el olfato no sufren cuando entran al baño en un cine.

Finalmente el profesor habló del tacto y preguntó que cómo podíamos averiguar, por ejemplo, si una cosa era lisa o arrugada. Y la Popis respondió: "Según si tiene mi edad o la de usted".

El profesor dijo que mejor ponía otro ejemplo y preguntó que cómo podíamos averiguar si un objeto tenía espinas. Y yo le respondí que observáramos cuidadosamente el objeto, y si era chayote, de seguro tenía espinas.

Para entonces el profesor parecía ya como desesperado, pues hasta gritó diciéndome: "¿Para qué te sirven a ti las manos?" Y yo contesté que ojalá me sirvieran para hacerle un cariñito a Pati: pero apenas acababa de responder cuando me di cuenta de que la Chilindrina acababa de regresar. Y se me acercó diciendo: "Yo voy a decir para qué me sirven a mí las manos".

Y le sirvieron para darme una golpiza que ni cuando me la partí con Godínez.

El Profesor Jirafales nos ordenó que lleváramos un trabajo acerca de la desnutrición, pero yo no tenía ni la menor idea de lo que debía escribir. Entonces la Chilindrina me dijo que no hacía falta que escribiera nada, que bastaba con que llevara una fotografía mía.

Hoy apareció en la vecindad un letrero que dice: *"En esta becindá están probidos los animales"*. O sea que lo copié tal como estaba escrito, pero el Profesor Jirafales ya nos dijo que ese letrero tiene muchas faltas de mala ortografía. Lo que pasó fue que lo escribió Ron Damón, que es muy bruto.

Pero la idea no fue de Ron Damón, sino que fue de Doña Florinda; nomás que ella le pagó a Ron Damón para que escribiera el letrero, porque a Doña Florinda es a la que no le gustan los animales. (Con excepción de Quico.)

Doña Clotilde (o sea la Bruja del 71) se enojó mucho cuando vio ese letrero, pero Jaimito el Cartero le dijo que no se preocupara, que mientras ella pagara la renta a tiempo, nadie le podía prohibir que viviera aquí. Entonces Doña Clotilde se enojó también con Jaimito, y le dijo que ella no era ningún animal. Jaimito le preguntó que entonces por qué se había enojado al ver el letrero, y Doña Clotilde respondió que porque ella tenía un perrito.

Por cierto que el perrito de Doña Clotilde es muy bonito, pero muy delicado. (Porque es de una raza muy fina.) Por eso le dan de comer mejor que a mí; porque yo no soy de raza fina, sino más bien corriente.

Doña Clotilde es muy cariñosa con su perrito y lo cuida como si fuera su hijo. Y la Chilindrina dice que eso se debe a que Doña Clotilde es una solterona; porque dice que a las solteronas casi nunca les da por tener hijos. Y por eso en vez de hijos tienen perros.

Pero las mujeres engordan mucho cuando van a tener un hijo, y yo no recuerdo que Doña Clotilde hubiera engordado cuando iba a tener al perro. O sea que no es lo mismo.

Después ya se supo que Doña Florinda mandó poner ese letrero porque se enojó mucho cuando el perrito de Doña Clotilde se metió a su casa y se cagó en la alfombra de su casa. Pero de nada le sirvió, porque después de que había puesto ese letrero, el perrito se volvió a meter a su casa y se volvió a cagar en la alfombra de la sala. Y es que a Doña Florinda se le olvidó que los perros no saben leer.

Pati ya no va a la escuela.

Creo que su familia se fue a vivir a otro lugar y cargaron con ella. Pero yo no sé dónde estará ese otro lugar.

¿Dónde estará Pati?

¿Qué estará haciendo?

Ahora hay otra niña que se sienta en la misma banca donde antes se sentaba Pati. ¡Pero qué diferencia!

Además: a mí no me parece bien que llegue alguien y ocupe el lugar de Pati. Por eso la quité de ahí.

Luego supe que fue el Profesor Jirafales quien puso a la otra niña en ese lugar. Pero para poner eso, mejor no hubiera puesto nada.

Hoy por la mañana, en la escuela, el Profesor Jirafales nos contó la historia de Cristóbal Colón, que es muy interesante.

Cristóbal Colón era un descubridor que una vez fue a ver a la reina de España y le dijo que él tenía muchas ganas de ir a descubrir América. La reina dijo que le parecía buena idea y que qué esperaba para hacerlo. Entonces Colón le dijo que no tenía dinero suficiente para los pasajes; pero la reina le dijo: "No te preocupes; yo consigo".

La reina que se llamaba Isabel y se apellidaba Lacatólica) se fue derechito a vender unas joyas muy valiosas que ella tenía, y así consiguió suficiente dinero para comprar tres barcos con sus respectivos marineros, y se los regaló a Colón.

Poco después Cristóbal Colón salió muy contento a descubrir América. Él iba en el barco principal, que se llamaba "la Santa Marina". Los otros dos se llamaban "La Tinta" y "La Piña". Y no deben haber sido unos barcos muy buenos, porque al hablar de ellos Colón no decía que eran barcos; él decía que eran calaveras. Pero la verdad es que si te regalan algo no se vale que te pongas a exigir.

Pero no era fácil descubrir América, pues para esto había un problema muy grande: que nadie sabía dónde estaba. Sin embargo, cuando menos se lo esperaban, un marinero empezó a gritar: "¡Tierra a la vista!", entonces todos se asomaron y se dieron cuenta de que era América.

Ahí había muchos indios que se asombraron muchísimo cuando vieron que los descubridores ya sabían montar a caballo. Porque los indios no conocían los caballos y pensaban que eran mitad hombre y mitad animal. (La mitad animal era la de abajo.) Pero luego los descubridores se tuvieron que desmontar para poder ir al baño, y entonces los indios se dieron cuenta de que eran personas como ellos, pero con barba. Y dijeron "menos mal".

Muy pronto los descubridores se dieron cuenta de que había muchos indios que vivían en las pirámides.

Y había otros que morían en las pirámides.

Los que morían en las pirámides era porque les arrancaban el corazón con uno como cuchillo. Ellos decían que eran sacrificios humanos; pero yo pienso que no eran humanos sino todo lo contrario: muy inhumanos.

Después había algunos que hasta se comían a los muertos. Hasta que los descubridores les dijeron que no está permitido comer carne de gente. Y menos en Cuaresma.

Luego Cristóbal Colón regresó a España y la reina le preguntó: "¿Cómo te fue?" Y él respondió: "Bien; hasta eso".

Pero Cristóbal Colón estaba tan contento de haber descubierto América, que le dieron ganas de venir a descubrirla otra vez.

En total la descubrió cuatro veces.

Y así, hasta que se murió.

¿Qué estará haciendo Pati?

Anoche Quico nos invitó a ver un partido de futbol
en la tele de su casa, pero al rato llegó Doña Florinda y dijo que el futbol era un espectáculo que
sólo estaba bien para la chusma. Y añadió que a ella
lo que le gustaban eran las telenovelas. Por lo tanto
cambió de canal y puso una telenovela. Y lo peor
de todo fue que ni el mismo Quico protestó, pues
el muy menso se puso a ver tranquilamente la telenovela, en compañía de su mamá y la Popis.

Pero entonces, cuando yo ya estaba a punto de
salirme de ahí, que va llegando a toda velocidad el
Profesor Jirafales, diciendo: "Pronto, Doña Florinda, ponga el canal donde está el futbol". Esto hizo
que Doña Florinda pusiera cara de vela derretida.
Y preguntó: "¿Que ponga qué?"

—El canal donde está el futbol —dijo el profesor—; ¿qué no ve que hoy es la final del campeonato?

Entonces Doña Florinda le preguntó al profesor que si a él le gustaba el futbol, y el profesor
dijo que le encantaba. Y Doña Florinda dijo que a

ella también. De modo que al ratito ya estábamos viendo el partido.

Y gracias a esto yo pude aprender muchas cosas acerca del futbol. Por ejemplo: para ser un buen futbolista lo primero que hace falta es tirar muchas patadas, pues así puede ser que hasta le des alguna vez al balón. Luego hay que acercarse al contrario y jalarlo de la camiseta, de los calzones, de los brazos o de los pelos. Después hay que dejarse caer para que el árbitro marque pénalti.

También aprendí que algunos jugadores patean mejor la pelota con la pierna derecha y otros con la izquierda. Otros la patean mejor con la cabeza.

Además de los futbolistas, en el campo también hay árbitros y abanderados.

Los árbitros están ahí para expulsar del campo a los jugadores que protestan por algo. Y los abanderados están para levantar su banderita cada vez que alguien se dispone a meter un gol.

Los del público se divierten mucho arrojando a la cancha toda clase de objetos, como cohetes, botellas, naranjas chupadas, rollos de papel de baño, etc., etc., etc. Unos quieren que gane un equipo y otros quieren que gane el otro equipo. Pero cuando el contrario anota un gol, el que lo anotó estaba en fuera de lugar.

Los que se la pasan hablando durante el partido se llaman comentaristas. Pero también hay otros que se llaman cronistas. Y otro que se llama Fernando. Y todos ellos, según dice el Profesor Jirafales, también compiten entre sí. Ellos en lo que compiten es en destrozar el idioma, según sigue diciendo el Profesor Jirafales, el cual se la pasó todo el partido diciendo: "¡Qué bárbaro! No se dice recepcionó; se dice recibió". Y luego, "No se dice rechace; se dice rechazo". Etc., etc., etc.

Pero de todos modos el futbol es muy bonito.

Ayer, cuando entrábamos al salón de clases, yo maté una araña de un pisotón. Lo malo fue que la araña estaba en el zapato del Profesor Jirafales, el cual se enojó mucho y me regañó. O sea que hizo mal, porque en vez de regañarme debía haberme dado las gracias, ya que le salvé la vida evitando que la araña lo picara. Él dijo después que la araña no era venenosa y que por lo tanto no había peligro, pero ni modo que uno se ponga a preguntarles a las arañas si son o no son venenosas. Lo mejor es darles el pisotón y ya después averiguas.

Entonces el profesor nos preguntó: "¿Ustedes saben lo que pasaría si matáramos a todos los insectos que hay en el mundo?" Y Ñoño respondió: "Lo que pasaría es que extrañaríamos mucho a la Chilindrina".

Eso nos dio mucha risa a todos, menos a la Chilindrina, la cual se puso muy seria y le dijo a Ñoño: "Pues fíjate que yo prefiero ser un insecto y no un elefante". Y entonces empezaron a pelearse, pero como mi lugar en la clase está entre Ñoño y la Chilindrina, la mayoría de los golpes los recibí yo.

Lo bueno fue que el Profesor Jirafales separó rápidamente a los dos peleoneros. Y luego explicó que si matáramos a todos los insectos que hay en el mundo, lo que pasaría es que pasarían muchas cosas malas. Por ejemplo: se acabarían muchas plantas que necesitan insectos para que lleven el polen de una flor a otra. (El polen es uno como polvito que usan las flores para tener hijos.)

Entonces yo dije que sería imposible que pudiéramos matar a todos los insectos, porque a leguas se nota que hay muchos más insectos que gente. O sea que bastaría con que ellos nos echaran montón para acabar con nosotros.

El profesor dijo que yo tenía razón, pero que de todas maneras hay otros animales que ya se están agotando. Entonces la Popis dijo que si se están agotando es porque han estado haciendo demasiado ejercicio; pero el profesor explicó que "agotarse" también quiere decir "acabarse" o "extinguirse". Y como ejemplo dijo que hay un pájaro que se llama Pájaro de Fuego que ya está a punto de extinguirse. Después el profesor nos preguntó:

"¿Ustedes saben quién está haciendo que se extinga?" Y Godínez contestó: "Si el pájaro es de fuego, los que lo tienen que extinguir son los bomberos".

Pero el profesor dijo que es el Hombre quien está acabando no sólo con esos pájaros, sino también con muchos otros animales.

Sin embargo reconoció que también hay animales que perjudican a la Humanidad. Y entonces Quico dijo que ahí estaban como ejemplo las pulgas, que además de molestar a la gente también molestan a los perros. O sea que no sólo perjudican a la Humanidad, sino también a la Perreridad.

Luego la Popis recordó que a ella la perjudicó un caballo, porque la tiró al suelo cuando ella lo estaba montando. Pero luego se dio cuenta de que la culpa había sido de ella misma, pues la muy tonta dio vuelta a la derecha cuando el caballo estaba dando vuelta a la izquierda. O sea: lo que pasa es que la Popis no sabe montar a caballo. Bueno, yo tampoco sé montar, pero me imagino que no debe ser tan difícil; que todo es cuestión de saber guardar el equilibrio y agarrarte muy bien de las riendas. Entonces la Chilindrina dijo que yo tenía razón. "Pero hay algo muy importante —añadió—: entre el caballo y tú, el caballo es el único que debe agarrar las riendas con el hocico."

Después Ñoño comentó que a su papá también lo había perjudicado un caballo. Pero la Chilindrina dijo que seguramente había sido al revés: que el señor Barriga había perjudicado al caballo por haberlo montado, pues no hay caballo que soporte tantisísísimo peso encima. Pero Ñoño dijo que su papá jamás había montado a un caballo. Entonces le preguntamos que si algún caballo había pateado a su papá, y Ñoño respondió que no, que eso tampoco; que él hablaba de un caballo que perjudicó a su papá por haber entrado en último lugar en el hipódromo.

Luego me preguntaron a mí y yo respondí que los animales que más perjudican son los perros cuando les da rabia y los gatos cuando les da por rasguñar.

Finalmente, la Chilindrina dijo que el animal que más está perjudicando a la Humanidad es la cigüeña.

Ayer por la tarde Doña Clotilde le regaló unas empanadas a Ron Damón.

Pero la Chilindrina dijo que esas empanadas podían tener alguna brujería para embrujar a su papá, porque Ron Damón nunca ha querido casarse con Doña Clotilde, que es lo que ella más quiere en la vida. Entonces la Chilindrina me dijo que se debía sacrificar probando las empanadas antes que su papá. O sea que se comió una empanada. Entonces yo le dije que yo también me quería sacrificar un poquito. O sea que yo también me comí una empanada. Y luego los dos seguimos sacrificándonos hasta que nos acabamos las empanadas.

¡De veras que es bonito sacrificarse por los demás!

Lo malo fue que Ron Damón llegó cuando yo me estaba sacrificando con la última empanada, y se enojó mucho conmigo. Con la Chilindrina no se pudo enojar porque ella ya no estaba ahí. Y es que ella había visto por la ventana que se acercaba su papá, y recordó que tenía algo muy importante que hacer. O sea que la Chilindrina no me pudo ayudar a explicarle a su papá que nos habíamos sacrificado por él; y como Ron Damón es muy bruto, no entendió nada. Y hasta me dio un coscorrón en la cabeza.

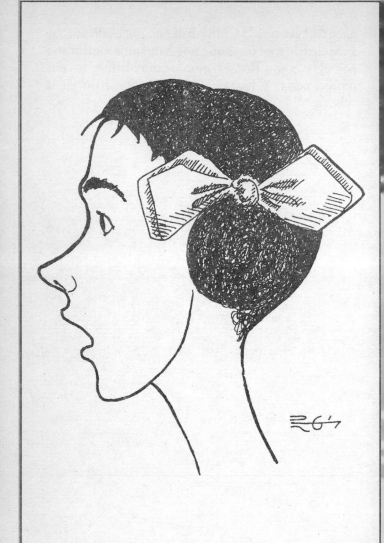

La Popis

El Profesor Jirafales me castigó porque dije que
Quico es un idiota. Y eso no fue justo, pues el profesor mismo nos dice a cada rato que siempre debemos decir la verdad.

Bueno, tal vez yo me equivoqué; pero nomás
tantito, porque yo dije que Quico era idiota de
nacimiento, y la Chilindrina dice que no; que Quico no es idiota de nacimiento, sino por mayoría de
votos.

La votación la hicimos en la escuela todos los
niños del salón, y resultó que el único voto en contra
era el del mismo Quico. O sea que con eso demostró
ser más idiota de lo que pensábamos, pues solamente los idiotas no se dan cuenta de que son idiotas.

¡Con decir que hasta la misma Popis había
votado a favor! Y eso que la Popis es prima de Quico. ¡Y se le nota!

Por ejemplo: un día el Profesor Jirafales estaba
hablando de los cuatro puntos cardinales, y la Popis
dijo que los cardinales son como los obispos, pero
con otro gorrito.

Y otro día el profesor estaba contando que México perdió la mitad de su territorio, y la Popis dijo: "Por no fijarse dónde dejan las cosas".

El Profesor Jirafales dice que la escuela es la fuente del saber, y que los niños vamos ahí para beber de esa fuente. Pero la Chilindrina dice que la Popis jamás ha bebido ni un gota de agua de esa fuente del saber, que no ha pasado de hacer gárgaras.

Lo que pasa es que, según la Chilindrina, la Popis es la persona más mensa que ha ido a esa escuela. Pero yo pienso que Quico le gana.

Bueno, también da la casualidad de que la Popis y Quico son primos. O sea que lo malo es de familia.

Y Ñoño dice que lo que pasa con la Popis y Quico es que ninguno de los dos ha estrenado su cerebro. Pero yo pienso que eso es bueno, porque las cosas que no sirven es mejor no usarlas.

Hay quien dice que en la vecindad vive algún ratero, pues últimamente han desaparecido muchas cosas que ya se las robaron. Aunque también podría ser que las cosas hubieran desaparecido por magia de la Bruja del 71; pero ya le pregunté y ella me dijo que no. Por cierto que la Bruja del 71 se enojó mucho conmigo por haberle hecho esa pregunta, porque dijo que era tanto como decirle bruja a ella. Pero eso no es verdad, pues yo ni siquiera me atrevo a pensar que la señorita Clotilde sea una bruja. Porque no vaya a ser que me adivine el pensamiento y me convierta en sapo.

O sea que sí debe haber un ratero en la vecindad. Lo cual está mal hecho, porque nadie se debe robar las cosas ajenas que pertenecen a otros.

Algunos piensan que el ratero puede ser Ron Damón. Pero yo no lo creo, pues el otro día se robaron la plancha de Doña Florinda, y Ron Damón nunca ha sido tan valiente. Porque Ron Damón sabe que Doña Florinda le puede romper todo lo que se llama cara; como una vez que le dio como media hora de cachetadas y le dijo que a la próxima le iría peor.

Jaimito el Cartero tampoco puede ser capaz de robar, pues él prefiere evitar la fatiga.

Y algunos dijeron que el ratero era yo, pero no es cierto. Me caí. Yo nada más me he robado algunas cosas de comer. Como una vez que me robé una rebanada de pastel que dejó Doña Clotilde en la ventana de su casa. Pero fue sin querer queriendo, porque yo no me quería robar esa rebanada de pastel; yo nada más la quería probar. Y después probé otro poquito.

Y después probé lo demás.

RON DAMÓN

El señor Barriga sigue pensando que Ron Damón es el ratero de la vecindad, ya que sigue sin pagarle la renta.

Pero la Chilindrina le dijo que son dos cosas muy distintas, pues los rateros se esconden y se disfrazan, mientras que Ron Damón anda siempre con la cara descubierta. Y yo apoyé a la Chilindrina, pues les dije que, teniendo la cara que tiene Ron Damón, hace falta ser valiente para traerla descubierta.

A la Chilindrina no le gustó lo que yo dije, y hasta aseguró que eso no servía para apoyar a su papá.

Después la misma Chilindrina dijo que ella estaba hablando de los que se tapan la cara con pañuelos o con lo que sea. Que no se puede confiar en ellos.

En eso sí estuvo de acuerdo el señor Barriga, pero nos contó que también hay muchos otros que andan vestidos de traje y corbata, y que son los que más roban. Y nos explicó que estos rateros de traje y corbata se disfrazan a veces de cosas que los niños todavía no podemos comprender muy bien, pero que luego, cuando seamos adultos, los vamos a encontrar hasta en la sopa.

Todo mundo sigue hablando del ratero que debe
haber en la vecindad. Y yo dije que me gustaría ser
el Chapulín Colorado para poder agarrarlo, pero
Quico dijo que yo no servía para eso. Entonces yo
le dije que sí, y que ya hasta tenía un plan para agarrar al ratero, el cual consistía en dejar algo a la
vista de todo mundo y ponernos a espiar para descubrir quién es el que llega a robar.

Esta idea le gustó mucho a Quico, pues dijo
que sería como jugar a policías y ladrones, pero de
a de veras. Y entonces quedamos en que eso era lo
que debíamos hacer.

Ojalá dé buenos resultados.

Anoche hicimos lo que habíamos planeado: Quico sacó de su casa la licuadora que usa su mamá para cocinar y la colocamos en medio del patio. Luego nos escondimos y nos pusimos a espiar para ver quién era el que llegaba y se la robaba.

Poco después llegó Ron Damón, el cual tropezó con la licuadora y azotó como chango viejo. Luego se levantó enojadísimo y le dio una patada a la licuadora. Pero estoy seguro de que le dolió más a él que a la licuadora, pues entró cojeando a su casa. (Y echando muchas mentadas.)

Pero no se robó la licuadora. O sea que se sigue comprobando que Ron Damón no es el ratero de la vecindad.

Lo malo fue que, con la patada, la licuadora fue a dar a un rincón donde no era fácil que la pudieran ver los que pasaban por ahí.

Sin embargo, después de un buen rato, Quico y yo vimos que entraba por el portón un tipo que no vive en la vecindad, el cual caminaba como haciéndose pendejo. Y ya estaba a punto de salir nuevamente por el portón, cuando descubrió la licuadora. Entonces la agarró y salió corriendo a toda velocidad.

O sea que lo más probable es que ese tipo sea el ratero.

Pero, tal como yo sospechaba, no vive en la vecindad.

Hoy en la mañana vimos que Doña Florinda estaba muy preocupada, diciendo que el ratero se había metido a su casa y que se había robado la licuadora acabadita de comprar.

Y solamente Quico y yo sabemos que el ratero no se metió a su casa, sino que se robó la licuadora del patio. Sin embargo, no quisimos decir nada hasta estar bien seguros.

Por lo tanto, al anochecer hicimos lo mismo que el día anterior, nomás que esta vez lo que pusimos en el patio fue una cafetera eléctrica que también sacó Quico de su casa. Pero el resultado fue igual, pues volvió a entrar el mismo tipo y se robó la cafetera.

O sea que ya es mucha coincidencia, ¿no?

Doña Florinda sigue sin saber la verdad, pues hoy en la mañana comentó que le robaron su cafetera eléctrica; pero sigue creyendo que el ratero se metió a su casa para robársela, y ni siquiera sospecha que la cafetera estaba en el patio cuando el ratero se la robó.

Pero Quico y yo lo habíamos visto con toda claridad cuando lo estuvimos espiando.

Sin embargo, para que no quede ninguna duda, decidimos repetir la prueba por tercera vez. Y ya nomás estoy esperando que Quico salga de su casa con la tostadora de pan que le acaba de regalar el Profesor Jirafales a Doña Florinda. La vamos a dejar también en medio del patio para espiar y ver quién es el que se la roba; pero segurito que va a ser el mismo tipo.

Anoche estuve espera y espera y nada que salía Quico de su casa con la tostadora de pan. Y creo que luego me quedé dormido.

Pero hoy al mediodía me contó la Chilindrina que estuvo oyendo una conversación entre Doña Florinda y el Profesor Jirafales, donde ella decía que estaba tristísima porque había sorprendido a Quico cuando éste trataba de robarse la tostadora de pan que le acababa de regalar el profesor.

Pero lo peor de todo fue que, según oyó la Chilindrina, Quico dijo que toda la idea había sido del Chavo del Ocho. (Que soy yo.) O sea que ora ni de loco me acerco a casa de la Vieja Chancluda.

De todo eso, lo único bueno fue que Doña Florinda contó de qué manera había sorprendido a Quico: quedándose despierta para espiar y ver quién entraba a robar.

O sea que copió descaradamente mi plan.

A mí me gusta mucho escuchar la música. Pero nada más cuando la música es bonita. O sea: cuando sientes bonito al escucharla. En cambio hay canciones que nomás las oyes y dan ganas de taparse las orejas.

El Profesor Jirafales dice que hay tres clases de notas musicales: negras, blancas y redondas. Pero yo creo que se equivocó, pues en realidad todas son redonditas. Lo que sí es diferente es que algunas tienen un palito y otras no. Y también son diferentes los palitos, porque a veces tienen unas como banderitas.

También dijo que las blancas valen el doble que las negras, pero la Chilindrina le dijo que eso lo piensan únicamente los racistas; o sea, los blancos que no se llevan bien con los negros.

Luego el profesor nos preguntó que si sabíamos cuáles eran las redondas, y yo dije que las redondas eran las hermanas de Ñoño.

A todo mundo le dio mucha risa, menos a Ñoño, el cual me aventó a la cabeza un trompo de madera maciza y me sacó mucha sangre. Entonces yo le dije: "La próxima vez aviéntame a tu hermana". Pero la Popis dijo: "No, Chavo; te aplasta". De todos modos el profesor tuvo que separarnos.

Al rato prosiguió la clase, y el Profesor Jirafales dijo que en la música no sólo son importantes los sonidos, sino que también son muy importantes los silencios. (¡Sobre todo cuando canta Quico!)

Después, cuando salimos a recreo, Ñoño me pidió que le devolviera su trompo. Y yo se lo devolví, pero a la mera panza.

Ron Damón me invitó ayer a ver una corrida de toros en su tele; pero me gusta más el futbol.

En la corrida ganaron los toreros. ¡Y eso que los toros eran seis y los toreros nomás tres!

Es verdad que los toros tienen cuernos y los toreros no. Pero en cambio los toreros tienen espada y los toros no. Además: a los toreros los ayuda el picador, que es un gordo de a caballo que tiene una como lanza. Y también los otros que van y les clavan banderillas a los toros cuando se descuidan.

Lo primero que hacen los toreros es marear a los toros con un capote que por un lado es rojo y por el otro no. Y como a los toros no les gusta el color rojo, lo que tratan de hacer es cornar al capote. Por eso el torero debe estar muy listo para quitar el capote antes de que el toro lo cuerne. Pero hay toros que son más listos que el torero, y hacen como que van a cornar al capote, pero lo que hacen es cornar al torero.

Las cornadas duelen muchisisisisísimo, porque les sacan sangre. Después van y entierran banderillas en la espalda del toro, lo cual también duele muchisisisísimo. Porque los toros sienten igual que la gente. Nomás que ellos no pueden hablar en español y por eso no dicen nada. Pero se nota.

Después agarran otro capote que se llama muleta, pero que no se parece a las que usan algunos para poder caminar. (O sea que son de trapo.) Estas muletas sirven para que el torero siga toreando otro rato.

Pero antes el picador ya le encajó su lanza al toro. Y eso también les duele muchisisísimo.

Yo no sé si los toros tienen lágrimas en los ojos como todos nosotros. Y como no los pude ver de cerquita, no sé si estaban llorando, pero les hacen tantas cosas, que yo creo que sí.

Y después hasta los matan.

Hoy por la mañana, durante la hora de recreo, en vez de jugar estuvimos discutiendo cosas de la Historia de México.

Ñoño dijo que el cura Hidalgo dio gritos de dolores porque le dolía el estómago; pero la Popis dijo que no, que el grito lo dio la esposa del cura Hidalgo, que se llamaba Dolores y de cariño le decían Lolita. Yo pensé que eso no podía ser cierto porque los curas tienen prohibido casarse con su mujer. Entonces la Chilindrina dijo que la mayoría no se casan, pero que hay unos cuantos que sí. Que lo que sucede es que los curas que se casan dejan de ser curas y se ponen a trabajar de militares. Al cabo que así también mandan muchas almas al Cielo.

Después entró Godínez a la discusión y dijo que el cura Hidalgo sí estaba casado, pero no con Lolita, sino con España, porque Hidalgo es el Padre de la Patria y España es la Madre Patria. Además, Godínez nos enseñó una página del libro de Historia donde dice: "Llegó el cura don Miguel Hidalgo y Costilla." O sea que llegó con su esposa.

GODÍNEZ

Lo que sí sabíamos era que el más amigo de Hidalgo se llamaba San Miguel Allende. Y también tenía un amiga que se llamaba Corregidora Ortiz de Domínguez, que se hizo muy famosa porque la retrataron en las antiguas monedas de cinco centavos. Por cierto que el Profesor Jirafales había regañado a la Chilindrina, pues cuando le preguntó que cuál había sido el mayor enemigo de doña Corregidora, la Chilindrina contestó: "Su peinadora".

En la clase también hubo otra discusión cuando el profesor preguntó que cuál había sido el mayor obstáculo de los Insurgentes. Yo dije que los semáforos y la Popis dijo que los policías de tránsito. Godínez dijo que los baches, pero la Chilindrina dijo que no, porque los baches no están en Insurgentes sino en las demás calles. Luego Ñoño dijo que, para su papá, el mayor obstáculo de los Insurgentes es eso de que esté prohibido estacionar ahí el carro. Y los demás opinaron otras cosas, pero cuando estaba más animada la conversación, el profesor dijo que él no hablaba de la Avenida Insurgentes, sino del ejército donde trabajaba el cura Hidalgo, y que su principal obstáculo había sido que no estaban bien organizados. O sea: lo mismo que los semáforos y los policías.

Al cura Hidalgo lo que más le gustaba comer eran las albóndigas con granaditas.

Pero lo más triste de todo fue que el cura Hidalgo no pudo ver el final de la guerra porque antes ya lo habían fusilado. La culpa la tuvo uno que andaba de traidor, pues fue de rajón con los españoles, y entonces los españoles lo agarraron prisionero, le pusieron unas esposas en las manos y se lo llevaron.

Pero eso pasó cuando apenas comenzaba la guerra que duró once años. O sea que tiene más mérito el triunfo de los Insurgentes, porque desde el principio se quedaron con un hombre menos.

Lo malo fue que después de la guerra los Insurgentes empezaron a discutir unos con otros porque todos querían ser presidentes. Pero los más avorazados eran dos que se llamaban Agustín y Turbide, que hasta querían ser emperadores. Y en castigo también a ellos los fusilaron. Y desde entonces nadie quiere ser emperador. O sea: todos quieren ser presidentes.

La Chilindrina consiguió que Jaimito le prestara su plancha. Yo le pregunté que para qué la quería, si ella nunca se ponía a planchar su ropa, ya que esto lo hacía siempre su bisabuela. Pero la Chilindrina me dijo que quería la plancha para planchar a Serafina, que así se llama la muñeca de la Popis.

La Popis se enojó mucho cuando supo lo que quería hacer la Chilindrina con su muñeca, pero la Chilindrina le dijo que eso era lo que estaban haciendo últimamente todas las actrices de televisión: plancharse la cara. Y como ejemplo nos enseñó una revista donde había fotos y donde hablaban de muchas artistas que habían hecho eso.

Y la verdad es que, por las fotos, sí se notaba que tenían el pellejo más lisito. O sea: no tan arrugado como lo tenían antes.

La Chilindrina dijo que eso lo hacían mediante una operación, pero que venía siendo lo mismo que plancharse la cara.

De todas maneras a la Popis le entró la duda. Y dijo que permitiría que la Chilindrina le plancha-

127

ra la cara a su muñeca Serafina, siempre y cuando antes se la planchara a su abuela Doña Nieves. (La cual tiene el pellejo más arrugado que una tortuga vieja.) Pero Doña Nieves dijo que ni loca que estuviera.

Por lo tanto, la Popis seguía dudando que se pudiera hacer eso de mejorar la cara de la gente con operaciones de los doctores; aunque en las fotos de la revista se notaba que también había muchas narices diferentes. (Pero diferentes de las que cada una había tenido antes, pues las nuevas eran todas igualitas.) Además había párpados que ya no parecían paraguas descompuestos, y papadas que ya no parecían balones mal inflados.

Pero la Chilindrina le dijo a la Popis que no sólo se puede mejorar la cara de las personas, sino también el cuerpo. Entonces la Popis le dijo: "¿Y qué esperas para ir a que te pongan el medio metro de estatura que te hace falta?"

Lo bueno fue que la Popis se agachó cuando la Chilindrina le aventó la plancha a la cabeza.

Hablando de las operaciones que cambian a la gente, recordé que una vez Ñoño nos contó que tiene unos primos que son gemelos (o sea: que nacieron el mismo día), los cuales son muy parecidos. (Sobre todo uno de ellos, pues el otro no tanto.)

Lo que pasó fue que el otro nació con unos riñones que no le salieron muy buenos. (Antes no se habían dado cuenta porque los riñones están por dentro.) Pero entonces recordaron que su hermano gemelo era muy parecido, y por lo tanto le podía pasar uno de sus riñones, ya que los riñones se dan de a dos por persona.

Y así lo hicieron.

Yo, la verdad, no me imaginaba cómo podía ser que una persona le pase a otra una parte de su cuerpo. Porque ni modo que digas: "Ai te dejo mi nariz, al rato vengo por ella". Pero Ñoño nos dijo que eran los doctores los que se encargaban de eso, y que también se podía hacer lo mismo con pulmones, corazones, hígado, buche, nanita, nenepil, etc., etc., etc.

Entonces nos dio mucha risa pensar cómo se vería Ron Damón si Quico le pasara sus cachetes de marrana flaca. O la Popis con los bigotes de Jaimito el Cartero. O yo con las patas del Maistro Longaniza. O la Chilindrina con las nalgas de Ñoño.

Hoy en la mañana le hice un mandado a Doña Clotilde, y en pago ella me dio una torta de jamón. Pero ya me la iba a comer, cuando llegó Quico y me tiró la torta de un manotazo, diciéndome que esa torta debía tener algo malo, puesto que la había hecho Doña Clotilde, que es una bruja.

Pero entonces yo recordé algo que había dicho una vez Ñoño: que todavía no estaba plenamente comprobado que Doña Clotilde fuera una bruja. O sea que levanté la torta para comérmela. Sin embargo, esto hizo que Quico se desesperara, y me volvió a tirar la torta de otro manotazo. Por lo tanto yo quería agarrar a Quico para romperle todo lo que se llama cara, pero no lo hice, porque lo más urgente era levantar la torta para comérmela.

Lo malo fue que la Bruja del 71 se dio cuenta y me dijo que no debía levantar la torta del suelo porque ya la había besado el diablo. Pero yo no vi a ningún diablo por ahí; de modo que levanté la torta para seguir comiendo. Y entonces regresó Quico y me la volvió a tirar de otro manotazo.

QUICO

Entonces pensé que lo mejor era que primero le rompiera la cara a Quico y que después levantara la torta.

Pero Quico salió corriendo otra vez, y de paso le dio un pisotón a la torta. O sea que ora sí no me quedaba otro remedio más que agarrar a Quico y darle un buen madrazo en sus cachetes de marrana flaca.

Pero Jaimito el Cartero me dijo que eso era cometer un acto de venganza. Y también dijo que "la venganza nunca es buena, mata el alma y la envenena".

Y yo creo que Jaimito tenía razón en lo que dijo, pero también creo que bien pudo haberse esperado a decírmelo después de que ya se la hubiera rajado a Quico.

En la escuela ya nos explicaron cuál es la diferencia entre un reino y una república: en un reino el que manda es el rey, y en una república el que manda es el presidente.

Para que alguien sea rey, el que lo escoge es su papá, que es el rey que estaba antes. En cambio, para que alguien sea presidente, el que lo escoge es el presidente que estaba antes.

Nuestro país no es un reino, sino una república. Por eso aquí no se debe decir, por ejemplo, que un árbol pertenece al reino vegetal y una piedra al reino mineral. Lo que se debe decir es que el árbol pertenece a la república vegetal y la piedra a la república mineral.

Por lo mismo, tampoco se debe decir que en un lugar reinaba el desorden, sino que republicaba el desorden. Y el león no es el rey de la selva, sino el presidente de la selva.

Por lo tanto, a la hora de rezar debemos decir: "Padre Nuestro que estás en el Cielo, santificado sea tu Nombre; venga a nos tu República... y etc."

Ayer, durante todo el día, Jaimito el Cartero no salió de su casa para nada. La Chilindrina y yo pensamos que podía estar enfermo, porque ya otra vez había pasado lo mismo; por eso decidimos que lo mejor era subir a verlo para preguntarle.

Pero la vez anterior nos había costado mucho trabajo entrar a su casa, porque la puerta estaba cerrada por dentro con un cerrojo. Y Jaimito no respondía por más que le tocábamos la puerta y le gritábamos. Pero lo que pasó aquella vez fue que el pobre de Jaimito estaba tan débil que no tenía fuerzas ni para correr el cerrojo de la puerta.

Por eso, cuando al fin se alivió, Jaimito decidió que lo mejor era que la puerta de su casa no tuviera cerrojo. Y tenía razón, porque los cerrojos de las puertas sólo sirven para que no puedan entrar los ladrones, ¿pero qué ladrones van a querer entrar a una casa donde no hay nada que robar?

Antes sí había algo que se podían robar: la bicicleta de Jaimito. Pero hace ya como cuatro semanas que Jaimito vendió su bicicleta, pues necesitaba dinero para comprar medicinas.

Lo malo es que tal parece que las medicinas no han resultado muy buenas que digamos.

El Profesor Jirafales nos dijo que la Historia empezó a escribirse hace miles de años. O sea: como que ya han tenido tiempo suficiente para que hubieran acabado de escribirla, ¿no? Porque, a ese paso, no van a acabar nunca.

Después escribió algo en el pizarrón y nos ordenó que lo copiáramos. Y aquí está lo que copié:

"Debemos estudiar la Historia sin generar sentimientos de odio; sin espíritu de venganza. No para empeorar las cosas, sino para mejorarlas. En una palabra: con Amor."

Y como no entendíamos muy bien lo que quería decir, luego nos explicó que hay libros y profesores que con sus lecciones de historia lo que hacen es enseñarnos a odiar al prójimo. Por ejemplo: a los españoles por habernos conquistado; a los gringos por haberse quedado con la mitad de nuestro territorio; a los franceses por habernos puesto a un emperador que no era de por acá; etc., etc., etc. Pero eso está muy mal. No debemos odiar a nadie.

Y menos debemos odiar a alguien por lo que hicieron de malo sus antepasados. Por ejemplo: se sabe que entre los españoles que nos conquistaron había de todo: malos, regulares y buenos. Los malos se llevaban todo el oro y toda la plata que podían agarrar, además maltrataban a los indios, los cuales tenían que huir escondiéndose en la selva virgen. (Que por cierto el profesor nos explicó que se le dice "selva virgen" a aquélla en la que no ha entrado el Hombre. O sea: después de que llegaron los españoles, ya ni la selva quedó virgen.) Pero los buenos, en cambio, defendían a los indios y les enseñaban a hacer cosas útiles. Los mejores eran los misioneros, los cuales, además, enseñaban a los indios lo que debían hacer para tener el alma limpia. (Los indios, por su parte, enseñaban a los españoles lo que debían hacer para tener el cuerpo limpio.)

Pero aun si tomáramos en cuenta únicamente a los malos, los españoles de ahora ya no son los mismos que aquellos que nos conquistaron. Por lo tanto no debemos odiar a alguien por lo que hicieron sus antepasados. O sea: es como si Quico se odiara a sí mismo solamente porque sus papás lo hicieron feo.

Luego el Profesor Jirafales nos dijo que tampoco debemos odiar a los norteamericanos (que vienen siendo los gringos) por habernos quitado la mitad de nuestro territorio. (Que, por cierto, Ron Damón dice que nos quitaron la mejor parte, o sea, donde hay mejores carreteras y todo eso.) Porque el profesor dice que no fue sólo culpa de ellos, sino también fue por culpa de muchos mexicanos que preferían pelearse entre sí en vez de defenderse de aquellos otros. Y eso no está bien, porque si se meten a robar a tu casa, es más importante defenderse de los rateros antes que pelearte con tus hermanos.

Y de cualquier manera, pienso yo, aquellos gringos tampoco son los mismos de ahora. O sea: ya todo es cosa de rogarle a Dios que los de ahora no sean peores que aquéllos.

Después el profesor nos explicó lo del emperador que nos pusieron los franceses: se llamaba Maximiliano, pero lo curioso es que no era francés, sino australiano[1]. Y se sabe que nació en la ambulancia[2], pues era de la familia de los Absurdos[3]. Entonces Godínez dijo que, en cambio, el que sí había sido francés era Pancho Villa, pero el profesor le preguntó que cómo se le ocurría decir que Pancho Villa era francés, y Godínez dijo que era Francés-co Villa.

Luego la Chilindrina preguntó que, si Maximiliano no era francés, ¿por qué se decía que era una invasión de los franceses? Y el profesor le contestó que el que mandó a Maximiliano era el emperador de Francia, que se llamaba Napoleón. Entonces la Chilindrina dijo que a ése sí lo conocía, pues se había hecho muy famoso por lo pobre que era. Pero el profesor le dijo que no, que Napoleón no había

---

[1] Es obvio que el Chavo oyó mal cuando el profesor dijo "austriaco".

[2] ¿El profesor habrá dicho que Maximiliano nació en la "opulencia"?

[3] No hay duda: el profesor debe haber dicho "Habsburgo".

sido pobre, y la Chilindrina le dijo: "Pues yo vi que ya andaba con una mano atrás y otra adelante". (Esto lo dijo riéndose; quién sabe por qué.) Y el Profesor Jirafales le respondió que, en primer lugar, ella estaba hablando de Napoleón Primero (pero escribió así en el pizarrón: Napoleón I), y él estaba hablando de Napoleón Tercero. (Y escribió así: Napoleón III.) Entonces yo le pregunté que si no era el mismo señor. Y el profesor dijo que no, que cómo podía ser lo mismo primero que tercero. Y es que yo pensaba que era el mismo, y que nomás le iban añadiendo rayitas conforme iba cumpliendo años.

Luego el profesor echó un suspiro y nos pidió que volviéramos a copiar lo que había escrito en el pizarrón.

Y, por lo tanto, yo lo volví a copiar.

"Debemos estudiar la Historia sin generar sentimientos de odio; sin espíritu de venganza. No para empeorar las cosas, sino para mejorarlas. En una palabra: con Amor."

Hoy en la mañana me gané un peso que me dio Doña Florinda como propina por un mandado que le hice. Entonces llegó la Chilindrina y me aconsejó que enterrara el peso en una maceta y que le dijera a Doña Florinda que alguien me lo había robado. Yo le pregunté que qué ganaba con eso, y la Chilindrina me dijo que ganaba dos cosas: primera, que a Doña Florinda le diera lástima saber que me habían robado la moneda, y por lo tanto me daría otro peso. Segunda, que después de haber sembrado el peso en la maceta, ahí crecería un árbol de dinero que todos los años me daría muchísimas monedas.

A mí la idea me pareció muy buena, y por lo tanto me fui corriendo a sembrar mi peso en una maceta.

Luego fui a buscar a Jaimito el Cartero para decirle que ya no se preocupara por lo mucho que gastaba en medicinas, pues muy pronto yo le podría prestar lo que le hiciera falta. Pero Jaimito me preguntó que cómo iba yo a conseguir ese dinero, y cuando le expliqué lo del árbol de monedas, él me dijo que eso no podía ser, que el dinero no se reproduce como las naranjas y los limones.

Yo pensé que Jaimito tenía razón, pues él sabe mucho de plantas y todo eso. Por lo tanto fui a desenterrar mi peso de la maceta; pero entonces encontré que la moneda había desaparecido. O sea que alguien se la había robado.

Eso me dio mucha tristeza y me puse a llorar y me metí al barril.

Al ratito llegó la Chilindrina y me preguntó que por qué estaba llorando, y yo le conté que me habían robado la moneda que enterré en la maceta. Entonces la Chilindrina me dijo: "¡Eso es, Chavito!, lo estás haciendo muy bien. Cuando Doña Florinda vea que estás llorando con tanta sinceridad, de seguro va a creer que fue verdad eso de que te robaron la moneda." Pero yo le dije que eso era exactamente lo que había sucedido: que alguien se había robado mi moneda. Pero la muy mensa no entendía y seguía insistiendo: "¡Eso es, Chavo, qué buen actor eres!" Eso me dio mucho coraje. Y le dije que no fuera mensa, que la verdad era que yo no estaba actuando, sino que estaba diciendo la verdad; pero de nada sirvió, porque la Chilindrina siguió sin entender.

Y estábamos discutiendo esto cuando llegó el Profesor Jirafales y nos preguntó que qué pasaba. Yo le expliqué todo, pero al terminar mi explicación me di cuenta de que la Chilindrina ya no estaba ahí. O sea que no le pudo confirmar al profesor lo que yo le decía.

Entonces el Profesor Jirafales me regaló un peso igualito al que había tenido antes, y me dijo que quería buscar a la Chilindrina para hablar con ella.

Anoche la Chilindrina me contó que había encontrado a un niño muy malo que era el que se había robado la moneda enterrada en la maceta. Que seguramente había estado espiando cuando yo la enterraba, y luego fue y la desenterró y se escapó con ella. Pero luego la Chilindrina lo alcanzó, le dio de golpes y recuperó mi moneda.

Por eso la quiero tanto.

Y por eso fuimos a la tienda y nos gastamos el peso entre los dos (50 centavos cada uno).

Pero la Chilindrina me dijo que eso que estaba yo haciendo era una obra de caridad y que la gente no debe andar contando que hace obras de caridad, porque entonces se pierde todo el mérito. Por eso me dijo que no se lo contara al Profesor Jirafales. Y por eso no se lo voy a contar nunca.

Desde hace algunos días la Chilindrina vive con su bisabuela en vez de vivir con su papá, pues Ron Damón está trabajando en otro lugar.

Bueno, eso fue lo que dijo la Chilindrina, pero yo pienso que solamente es verdad la mitad de lo que dijo. O sea: sí es verdad que su papá está en otro lugar, pero no es verdad que esté trabajando. Lo más seguro es que esté buscando la manera de ganar dinero sin tener que trabajar. Y también puede ser que lo hayan metido a la cárcel.

La bisabuela de la Chilindrina se llama Doña Nieves. Y el nombre le queda muy bien, porque tiene el pelo blanco como la nieve. Pero no muy blanco que digamos. O sea: no es tan blanco como la nieve de coco, sino más bien como la de guanábana. Pero de esas guanábanas que ya están agusanadas.

Lo malo es que la bisabuela de la Chilindrina resultó ser igual de pegalona que Ron Damón, pues apenas lleva unos días en la vecindad y ya me ha dado muchos coscorrones. Y también sacó la manera de llorar que tiene la Chilindrina. O sea que las dos lloran sin razón alguna; pero eso sí, con unos chillidos que se oyen a veinte cuadras de distancia.

Por cierto que la Chilindrina no sabe pronunciar la palabra "bisabuela", pues ella dice "biscabuela".

De todas maneras yo extraño mucho a Ron Damón; pues es verdad que era flojo, mentiroso y berrinchudo, pero también es verdad que era muy simpático.

Ñoño regresó de vacaciones y me contó que se encontró a una niña que se llama Patricia Jiménez, la cual me mandaba saludar; pero no recuerdo de quién se trata.

Lo más bonito de todo es la Navidad.

En las casas ponen nacimientos y árboles con foquitos de colores que se prenden y se apagan. Las luces parecen estrellas.

También adornan las calles y las tiendas.

En las iglesias se escuchan canciones muy bonitas.

A mí esta Navidad me invitaron a la casa de Doña Florinda y me dejaron cenar todo lo que quisiera. Y ahí estaban todos: el Profesor Jirafales, el señor Barriga, Ñoño, Doña Florinda, Quico, la Popis, la Chilindrina, Ron Damón, Doña Nieves, Godínez, Jaimito el Cartero y Doña Clotilde. (Aquí no digo que Doña Clotilde es la Bruja del 71, porque en época de Navidad suena feo.)

A las doce de la noche todos abrazaron a todos. Pero a mí la que más me abrazó fue la Chilindrina. Y Doña Florinda abrazó mucho al Profesor Jirafales. Y Doña Clotilde quería abrazar mucho a Ron Damón y a Jaimito el Cartero, pero ellos no tenían tantas ganas.

Al pie del árbol había muchos paquetes envueltos con papeles de colores. Eran regalos que el señor Barriga había llevado para todos. ¡Y hasta había uno para mí! Era un cochecito de plástico, muchisisísimo más bonito que los que hago yo con cajas de cartón.

Pero ese cochecito no me duró mucho tiempo, porque al día siguiente se lo regalé al hijo de la portera de la vecindad. Es que el hijo de la portera es un niño pobre.

El Profesor Jirafales me dijo que cada vez que yo respiro nace un niño en el mundo. Pero ni modo que deje de respirar.

Luego me explicó que lo que él quería decir es que en este mundo ya hay demasiados habitantes, habitantas y habitantitos; y que lo malo es que la gente se la pasa todo el tiempo naciendo. O sea que va a llegar un momento en que ya no vamos a caber. Y cuando esto suceda, ¿qué vamos a hacer los que salimos sobrando?

Claro que los que salimos sobrando somos los pobres, porque a los ricos casi no les da por nacer. Y es que los papás de los ricos tienen otras maneras de divertirse.

Ayer sucedió lo mismo que la otra vez: que Jaimito el Cartero no salió de su casa para nada.

Yo me di cuenta porque había estado esperando a que él bajara para que viera que ya puedo brincar desde el quinto escalón de la escalera.

Pero nada que bajaba.

Entonces subí para ver si le pasaba algo.

Y lo que le pasaba era que ya estaba muerto.

Tenía los ojitos cerrados, como si nomás estuviera dormido. Y hasta parecía como si estuviera soñando algo bonito, pues tenía cara de estar contento. Pero no puede ser, porque ni modo que le diera gusto morirse.

O quién sabe, porque Jaimito el Cartero siempre decía que prefería evitar la fatiga.

O sea que ya evitó la fatiga para siempre.

JAIMITO
EL CARTERO

El Profesor Jirafales nos explicó que la palabra "inflación" no quiere decir solamente que algo está inflado, sino que también quiere decir que las cosas están cada vez más caras.

Por eso Ñoño es un niño mucho más caro que yo: porque él está igual de gordo que un globo bien inflado. Yo, en cambio, estoy como un globo bien desinflado. Por eso yo soy un niño barato.

Y a mí me gustaría ser un niño caro, porque los niños caros comen muy bien todos los días. Pero hay muy pocos niños caros, la mayoría somos baratos.

También nos dijo el profesor que es muy bueno saber ahorrar, pues los que ahorran siempre tienen algo cuando llega la inflación.

Recuerdo que, poco antes de morir, Jaimito el Cartero me dijo que ahorrar es lo mismo que guardar. Y que igual pasa con la memoria, porque la gente guarda en la memoria las cosas que recuerda. O sea: que si no te acuerdas de algo es porque no lo tienes guardado en la memoria.

Eso quiere decir que ahorrar es bueno. Pero no siempre; nomás cuando guardas cosas buenas. Porque, por ejemplo: no es bueno guardar la basura; es mejor tirarla en un basurero. En cambio sí es bueno guardar un poco de dinero, por si llega una inflación.

Y lo mismo pasa con las cosas que recuerdas. Por ejemplo: si te peleas con otro niño, nunca trates de guardar el recuerdo de eso en la memoria, porque si te acuerdas vuelves a sufrir.

Y al revés: si te pasa algo bonito, entonces sí es mejor que lo recuerdes a cada rato, porque cada vez vuelves a sentir que estás contento.

Y la felicidad es cuando estás contento.

O sea que lo mejor es guardar en la memoria solamente los recuerdos de las cosas buenas.

Por si llega a haber una inflación de felicidad.

Epílogo

Lo anterior está escrito en la última página del cuaderno. Así pues, ahí concluye esto que decidimos publicar con el título de "Diario del Chavo del Ocho". Pero no es (ni debe ser) un final, ya que, salvo obvias excepciones, los diarios se distinguen precisamente por eso: por no tener un final. Y las excepciones suelen ser tristes. Tan tristes, por ejemplo, como el final que va implícito en el hecho mismo de que un diario anuncie que llega a su fin...

Pero éste no es, afortunadamente, el caso del Chavo del Ocho. El Diario termina porque el cuaderno ya no tuvo más páginas que brindar al incipiente autor; pero es claro que la vida continúa. Que termina el cotidiano escribir, pero que sigue el cotidiano acontecer; el diario acumular experiencias que luego podrían ser narradas en otro cuaderno. (¿Y en otro libro?)

Pero esa vida que continúa, ¿cómo es ahora? ¿Cómo transcurre?

Hice intentos por averiguarlo. Regresé muchas veces al parque; busqué afanosamente; indagué;

pregunté; me senté en la misma banca donde estuve cuando el Chavo del Ocho dio lustre a mi calzado; el mismo lugar donde él había dejado abandonado su cuaderno. Pero todo fue en vano.

Y sólo queda un recurso: que llegue a sus manos un ejemplar de este libro y que, si lo juzga conveniente, se ponga en contacto conmigo.

Si esto llegara a suceder, no pienses, Chavo, que haré mal uso de nuestra posible amistad. Yo sólo quiero darte las gracias. Gracias infinitas por todo lo que me dio ese personaje incomparable que es El Chavo del Ocho.

Histórico
Por Florinda Meza

Por la calles de Bogotá se agolpa una multitud compuesta por un número de personas que, según cálculos oficiales del Gobierno Colombiano, sobrepasa los tres millones. Inevitablemente hay empujones, apretujones, desmayados, ataques de histeria, etc. Todo como consecuencia del incontrolable afán de contemplar de cerca al ídolo; o de tocarlo, si fuera posible.

¿Pero quién es el relevante personaje que provoca todo esto? ¿Un héroe nacional? ¿El campeón mundial de una disciplina deportiva? ¿El Santo Padre?

No. En esta ocasión el personaje no es más que un niño pobre.

¡Mentira!... Es un adulto disfrazado de niño pobre, y la gente lo sabe. ¡Pero qué importa! De cualquier modo se trata de "EL CHAVO DEL OCHO".

Se podría recurrir a expertos en Sicología de las masas, y aún así resultaría difícil encontrar una explicación para el fenómeno. Por lo tanto, será mejor concretarnos a exponer los hechos:

Todo comienza un día de marzo de 1972, cuando el escritor y actor mexicano Roberto Gómez Bolaños (mejor conocido como "Chespirito") presenta por televisión el primer programa de la serie que habría de conmover a todo un continente y buena parte del resto del mundo. En la emisión aparece el actor, que ya lleva un buen tiempo de haber alcanzado la categoría de adulto, ataviado como niño pobre: zapatos gastados que le quedan grandes; pantalón raído, parchado y remendado; camiseta en las mismas condiciones; dos tiras de trapo que conforman los más rudimentarios tirantes; y, sobre todo, una gorra con orejeras que será la principal característica de su atuendo. Carece de tanto, que ni siquiera parece tener un nombre propio. Pero ni esto hace falta, ya que su apodo, "El Chavo del Ocho", será escuchado y repetido semanalmente por más de 300 millones de televidentes. (Y el número sigue aumentando.) Se dice —eventualmente— que vive en el departamento número 8 de una vieja pero limpia vecindad, y de ahí el sobrenombre. Pero nadie ha visto jamás dicho departamento. Infinidad de veces, en cambio, se le ha visto refugiarse en un barril que está en el patio de la vecindad, lo cual ha generado que no pocas personas aseguren que es ahí donde vive el popular Chavo, no obstante que éste ha aclarado en repetidas ocasiones que el barril es únicamente lo que dijimos líneas atrás: un refugio, ese rinconcito especial que tienen todos los niños, y en el cual suelen ocultarse para llorar, para soñar, etc.

Se ignora quiénes fueron sus padres, cuándo llegó, de dónde vino. Se sabe, en cambio, que no tiene juguetes y que casi nunca desayuna. No obstante, en muchas ocasiones el personaje da muestras de optimismo. Quizá porque en el fondo sabe, como lo ha dicho su autor, que posee el más valioso de los dones: la vida.

La serie pretende divertir y entretener, y lo consigue con mayor amplitud que cualquier otro programa que haya presentado la televisión del continente. (Incluida la televisión de Estados Unidos.) Pero no siempre lo consigue a fuerza de arrancar la carcajada al público, pues en muchas ocasiones es la ternura lo que constituye el elemento principal de la diversión. ¿Y no será precisamente esa ternura el fundamento y la explicación del increíble fenómeno que significa El Chavo del Ocho? Porque, por otra parte, ni siquiera es el más "chistoso" de los personajes que conforman el estupendo elenco del programa, pues en este renglón destacan fuertemente Don Ramón, la Chilindrina o Quico.

¿Entonces?

La ternura.

Sin embargo, El Chavo del Ocho tiene otra característica que lo diferencia de todos los demás adultos que hayan representado a un niño, ya sea en televisión, cine, radio, teatro o cualquier otro medio similar: el Chavo no es el niño travieso, ni el niño listo, ni el niño demasiado bobo, ni el niño bonito —ni siquiera el niño demasiado feo—, no, El Chavo del Ocho es únicamente el más tierno.

Pero independientemente de que esto se deba a la infinita ternura que inspira, a lo mucho que divierte y entretiene, o a cualquier otra razón, el impacto es gigantesco.

Cuando se anuncia su llegada a Santiago de Chile, la euforia popular anticipa que los escolares irán a recibirlo al aeropuerto en vez de asistir a clases. Y las autoridades del Ministerio de Educación evitan que esto constituya una falta... concediendo el asueto general e *informando que la razón es solamente ésta: otorgar a la gente la oportunidad de ir a recibir a su ídolo. Éste, entonces, desfila en compañía de su popular grupo, avasallado por una multitud que se establece desde el lejano aeropuerto hasta la puerta misma del hotel donde quedará alojado.*

En otra ciudad de la misma República de Chile, Valparaíso, la multitud permanece horas enteras al pie del hotel, mostrándose feliz por el simple hecho de que el Chavo o sus compañeros se asomen a saludar con la mano. Más aún: esa mima multitud se pone a cantar espontáneamente "Qué Bonita Vecindad", la canción tema del grupo.

Después, las presentaciones personales no sólo vuelven a confirmar la popularidad del Chavo, sino que, además, establecen marcas que todavía no han sido igualadas. Por ejemplo: dos funciones el mismo día (una por la mañana y otra por la tarde) en el Estadio Nacional de Santiago de Chile, que tiene una capacidad para 80,000 personas, el cual se llena en ambas funciones, o bien la presentación en el célebre escenario de la Quinta Vergara, donde se realizan los famosos festivales de la canción de Viña del Mar, lugar en el que el Chavo y su grupo rompen todas las marcas de asistencia, obligando a que gran parte del público se tenga que "instalar" en las montañas aledañas al local.

Caracas, Venezuela.

Los empleados del hipódromo acuden a su trabajo por el mismo camino y a la misma hora de siempre. Pero no habían tomado en cuenta que, por el mismo camino y a la misma hora, miles de automovilistas se dirigen a un local cercano al hipódromo: el excelente auditorio llamado El Poliedro, donde se presenta el Chavo con su grupo. Resultado: el embotellamiento impide que los empleados del hipódromo lleguen a tiempo a su trabajo. Como consecuencia, las tres primeras carreras transcurren sin taquilleros que atiendan las apuestas, por lo que la empresa deja de ganar algo así como tres millones de bolívares.

Segunda consecuencia a partir de dicho acontecimiento, las autoridades decretan que no deberá haber espectáculos en El Poliedro los mismos días en que haya carreras en el hipódromo.

Buenos Aires, Argentina.

"Están locos —comenta alguien—; el Luna Park se llena únicamente cuando hay una pelea de Monzón. (Carlos Monzón, el boxeador más popular que ha habido en Argentina.) ¿Cómo es posible, entonces, que este grupo mexicano pretenda hacer cinco funciones consecutivas en dicho lugar?"

Pero lo anterior se lo decían al empresario que había contratado al Chavo, quien sabía lo que estaba haciendo, pues el espectáculo abarrotó el enorme y popular auditorio (Luna Park) no sólo durante las cinco funciones previstas, sino también en las otras dos que se tuvieron que añadir. (Y aún así quedó tanta gente fuera del auditorio, sin poder entrar por falta de lugar, que se podrían haber organizado más funciones extras si no hubiera sido porque lo impedía el compromiso de presentarse en otras ciudades como Córdoba, Rosario, Mar de

*Plata, Mendoza, Tucumán, Santiago del Estero, etc.,
donde los locales se llenaron también hasta el tope.)*

*Aquí es conveniente hacer un brinco en el tiempo
para regresar al mismo lugar nueve años después.
¿Cuántos "booms" se repiten después de nueve largos
años? ¡Éste! Sí, porque el grupo regresa al mismo lugar
contratado en esta ocasión para efectuar siete funciones,
y no sólo consiguen nuevamente abarrotar las graderías
del Luna Park, sino que otra vez tienen que añadir dos
funciones más a las programadas, hasta establecer el
insuperable récord de nueve días consecutivos.*

*En esta ocasión, en el mismo Buenos Aires, se acer-
ca un hombre que desea tomarse una fotografía al lado
del Chavo, asegurando que "dentro de un par de años
esa fotografía ocuparía un lugar destacado en la Casa
Rosada, residencia oficial del Gobierno Argentino". Este
hombre se llamaba Carlos Menem.*

Lima, Perú.

*"La gente acudió al aeropuerto hasta en triciclos para re-
cibir al Chavo del Ocho". Así rezaba la nota periodística en
referencia a la llegada del popular personaje. Pero la multitud no se concretó a llegar de la manera que pudo, sino
que, además, derribó la cerca que delimita el espacio de las
pistas de aterrizaje e invadió dichas pistas, forzando un
rescate por parte de los elementos de seguridad del aeropuerto para poder sacar a los actores mexicanos a bordo de
ambulancias que llegaron en su auxilio. El tránsito aéreo
tuvo que sufrir un retraso de dos horas, tiempo que requirió
el ejército para desalojar (sin violencia alguna, desde luego)
a las más de 50,000 personas que invadían la pista.*

Panamá, Panamá.

Después de haber llenado todos los locales donde se presentaron el Chavo y su grupo son invitados al domicilio particular del señor Demetrio Lacas, presidente de la República. En el convivio hacen acto de presencia ministros del Gabinete, el Gobernador de la Provincia de Panamá y un sinnúmero de personalidades.

San Juan, Puerto Rico.

El Alcalde hace entrega de las llaves de la ciudad al Chavo del Ocho. No hay rincón de la isla donde no se le conozca. El público llena hasta el tope cualquier lugar donde se presenta, ya sea en el propio San Juan, o en Ponce, Mayagüez, Arecibo, Aguadilla, Bayamón, etc.

Nueva York, E.U.A.

Madison Square Garden, escenario de lujo reservado exclusivamente para las grandes luminarias del universo del espectáculo. Y claro: una de estas luminarias es el Chavo, quien logra llenar el local en su más amplia capacidad con un público que no deja de reír o aplaudir durante toda la representación. Al terminar, el policía negro se acerca al Chavo y le dice "I don't know a damn word in spanish... but you are wonderful!" Y estrecha efusivamente su mano.

San Pedro Sula, Honduras.

El Chavo y su grupo no pueden tomar alojamiento en el hotel donde tenían hecha su reservación debido a que la multitud, al saber que llegarían a ese lugar, invadió el área correspondiente a tres manzanas alrededor del hotel. Y se ven forzados, por tanto, a hospedarse en un lugar secreto.

Guatemala, El Salvador, Nicaragua, Costa Rica.

Las ideologías pueden ser diferentes, pero el fervor popular se centra en un solo blanco: El Chavo. Y puede haber problemas en la región, pero ninguno tan grande como para impedir que todos los locales sean insuficientes cuando se presentan el Chavo y su grupo.

Y la historia se repite en Ecuador, Uruguay, Paraguay; pero no son únicamente los locales atiborrados de gente lo que atestigua el mencionado fervor popular. No, el fenómeno adquiere características del orden sociológico cuando, por ejemplo, el presidente de la República de Colombia brinda una recepción al Chavo en la misma Casa de Gobierno, donde tanto él como sus ministros se despojan de la corbata para que la reunión tenga un carácter más cordial.

Y luego, las frases características:

El taxista de Buenos Aires: "No es nada; yo no puedo cobrar a quien ha llevado tanta dicha a mi hogar".

La dama de Viña del Mar: "Hágame favor de recibir esta casa como obsequio. Es la única manera que encuentro de pagar la alegría que proporcionan ustedes a mis nietos".

El diplomático de Guatemala: "Son ustedes los mejores embajadores que ha enviado México, o cualquier otro país, a estas tierras".

El político de Costa Rica: "Si tú, Chavo, lanzaras tu candidatura a la presidencia de este país, ganarías con un 99 por ciento de los votos".

El niño de San Juan: "Toma, Chavo: sólo tengo dos dólares, pero te los doy para que te compres unos zapatos".

El niño de El Salvador (estando en México, D.F.): "Hice el viaje desde mi país hasta el tuyo —vía "auto-stop"— sólo para saludarte personalmente, Chavo".

Niños, adolescentes, ancianos, hombres y mujeres de todo el continente: "Gracias; Dios los bendiga; gracias, gracias, gracias..."

El maestro de escuela ecuatoriano: "Recomiendo a mis alumnos que no se pierdan el programa del Chavo. Son más provechosos que muchos libros de texto".

El niño que vende baratijas a los pasajeros del autobús en Guatabita, Colombia: "Mira, Chavo: aquí te traigo," —y muestra un Chavo rústicamente tallado en madera, que lleva colgado al cuello—. Después: "Toma, Chavo; te regalo esto" —la mercancía que estaba vendiendo.

Después el Chavo invade Brasil (doblado al portugués, por supuesto) y no pasa mucho tiempo para que el rating del programa lo coloque por arriba de la mismísima Xuxa, la insuperable ídolo local.

Cruza luego el océano. Pero no se detiene en España, donde el éxito es rotundo e inmediato, sino que se prolonga por otra multitud de países. Y los oportunos doblajes permiten escuchar al Chavo hablando en italiano, ruso, chino, hindi, etc.

Y algún día la Historia tendrá que registrar todo lo concerniente a este fenómeno. A mí, mientras tanto, me queda la satisfacción de haber participado de la inigualable gesta, de la que doy fe con este testimonio.

El diario de el Chavo del Ocho se terminó de imprimir en noviembre de 2005, en Impresora y Encuadernadora Nuevo Milenio, S.A. de C.V., calle Rosa Blanca núm. 12, col. Ampliación Santiago Acahualtcpcc, C.P. 09600, México, D.F. Composición ripográfica: Miguel Ángel Muñoz. Cuidado de la edición: Ramón Córdoba y Kenia Salgado.